鷹羽が死を覚悟しているのを感じる。重なっていた胸が離れた。斎の髪に強い指が這い込む。「俺を、見てくれ」

（本文より抜粋）

DARIA BUNKO

花陰の囚人たち

沙野風結子

illustration ✻ 小路龍流

イラストレーション❋小路龍流

CONTENTS

この作品はフィクションです。
実在の人物・団体・事件などに一切関係ありません。

花陰の囚人たち

プロローグ

それは意外な人間からの呼び出しだった。

制服姿の婦警に「え、鷹羽《たかば》さんが？」と訝《いぶか》しく訊き直す。

「はい。四課のほうに来いって…」

「なんの用か、言ってたかい？」

斎《いつき》はパソコンの麻薬密売容疑者の顔写真リストを閉じると、デスクから立ち上がった。スーツのジャケットを羽織る。

「なにも。ただ、至急来るように伝えてくれって言って、こっちの返事も待たないでガシャンて切りました」

婦警の顔はわずかに引き攣《つ》っている。居丈高に振る舞う刑事はままいるけれども、相手があの鷹羽征一《せいいち》となると、多少乙女心が傷つくらしい。魅力的な男に無下に扱われるのは、つらいものがあるのだろう。

ややや色素の薄い鳶色《とびいろ》の髪と瞳をした鷹羽の容貌を、斎は思い浮かべる。日本人離れした付け根から高く隆起した鼻筋に、厳しく締まった唇、強いラインの眉。目元には鋭い険があり、男の顔から甘さを消し去っている。

「……鷹羽さんて、怖いですよね」

唇を尖《とが》らせて、婦警――矢島由紀《やじまゆき》がぼそりと言う。

「ああ、まぁね。でも、堅気《かたぎ》でない人たちの相手をしてるんだから、あれぐらいで丁度いいんじゃないかな」

堅気でない人たち、とは要するに裏の稼業をしているヤクザのことだ。

鷹羽や斎たちが所属している組織犯罪対策部は国内外の組織的犯罪を取り締まるべく、平成十五年四月に編成された部署だ。鷹羽はそれ以前は、通称マル暴と呼ばれる暴力団関係を扱う刑事部の捜査四課におり、その筋で彼を知らない者はもぐりと言われるほど鳴らしていた。

「こないだ、本部前に荻嶋《おぎしま》組のチンピラたちが来て騒いでたじゃないですか。あの時なんか、鷹羽さんが出ていってひと睨《にら》みしただけで、アッという間に退散しちゃったんですよ……なんか鷹羽さんて、むしろ暴力団幹部にいてもおかしくないみたいな」

「言いすぎだよ」

軽く笑って注意するものの、内心はまったく同感だった。

もし鷹羽を初対面の人間に「暴力団の若頭です」とでも紹介したら、きっとなんの疑いも持たずに信じてしまうに違いない。

それだけの、見る者を圧迫し息苦しくさせる凄《すご》みが鷹羽にはある。この男を怒らせるのだけはやめておこうと、まともな感覚を持つ人間なら思うはずだ。

斎は五課のフロアを出て、四課へと向かった。半ば無意識にネクタイの結び目に手をやって、何度もかたちを整える。首筋の脈が速くなっているのを感じる。ひどく緊張していた。

――本当に、どうして名指しで呼び出しがあったんだ？

鷹羽が自分のことを個別認識していそうな接点といえば、警視庁剣道大会で手合わせしたときぐらいのものだった。

斎は子供のころから剣道を修練してきたので腕に覚えがあったのだが、鷹羽の圧倒的な気迫の前に身体が強張ってしまい、充分に戦えないまま敗退した。あの時、自分が負けるだろうことを、竹刀を交じえるより先に知っていた気がする。彼の前に立っただけで背筋がざわめいて、ひどく追い詰められた気持ちになったものだ。

また、あんなふうに動転してしまいそうだった。

弱気を宥《なだ》めて、斎は眉をキリと上げた。靴音を強めに鳴らして床を踏み――ふいに背筋に冷たい痺《しび》れを感じた。立ち止まる。

「どうやったら、ここまで四分もかかる？」

四課の前の壁に背を凭《もた》せかけた長身の男は、腕時計を見ながら苦々しい顔をした。

「すみません」

動揺をなんとか押し隠して、斎は頭を下げた。

じろりとひと舐め、頭から靴の先まで眺《なが》められる。値踏みするような視線だ。

鷹羽は軽く唇を歪めると、壁から背を離して無言で歩きだす。斎はそのあとを追って、小会議室へと入っていった。


「要するに、僕にそのチャイニーズマフィアの来日中の通訳をしろ、ということですか」

「ただのチャイニーズマフィアじゃない、上海《シャンハイ》を取りまとめている千翼幇《チェンイーバン》の幹部だ。名前は耿零飛《ガンリンフェイ》、年齢は二十八歳だ」

プラスチック製のクリアファイルが開かれる。そこに貼られた雑誌からの切り抜きらしい写真を、斎はじっと見詰めた。

「……表の顔は、企業家なんですね？」

「ああ、京劇だか映画俳優だかやってそうな風体だが、正真正銘、飛天《フェイティィエン》対外貿易有限公司っていう向こうでは一流の貿易会社社長だ」

オールバックにして後ろに流された漆黒の長髪。眦《まなじり》の吊り気味な二重の瞳が印象的だ。スリーピースのスーツ姿でゆったりと脚を組んで椅子に座る姿には、独特の冷たい鮮やかさがある。

「ちなみにこれは向こうの経済誌からの切り抜きだがな」

「経済誌、ですか」

どう見ても、映画雑誌の一ページのようにしか見えない。

まずその外見に目を奪われた斎だったが、ファイルをめくっていくごと、真剣な顔になっていった。スクラップは中国語で書かれた経済誌や新聞記事が主だったが、どうやら彼はいま飛躍的経済発展を遂げている中国における有能なビジネスリーダーのひとりであるらしかった。

「この耿零飛と繋がっているのが、広域指定暴力団荻嶋組だ。そこに潜入させてるスパイから、奴が通訳を求めているという情報が流れてきた」

「……どうして、僕なんですか？　確かに中国語も多少できますが、四課のほうにも人材ならいるでしょう」

「うちの奴らは荻嶋組に顔が割れてるから難しいし、そもそも通訳ができればいいってだけの話じゃないんだ」

視線を感じて、斎はファイルから目を上げた。

ブラインドによって横縞のかたちに分断された午後の光。それを受けて、手を伸ばせば届く距離に、鷹羽征一がいる。

正直、鷹羽にはこの上海マフィアの外見の華やかさを揶揄《やゆ》する権利はないと、斎は思う。

鷹羽の、人の視線を縫いとめずにはおかない男らしい美貌や恵まれた体軀、それでいていたずらに見惚《みと》れることを許さない厳しく張り詰めた雰囲気には、鮮烈なものがある。

視線を重ねていることに落ち着かなさを覚え、斎は軽く目を伏せた。こういう反応をしてしまうことは、滅多にない。

自分はおそらく人に比べてかなり感情の振れ幅が小さいタイプなのだろうと、斎は思ってきた。常に感情より理性が優先され、自身の気持ちを御《ぎょ》するのに苦労しない。

……それが、鷹羽の前だとどうにも不自然な過敏さに支配されてしまう。

汗をかいた掌《てのひら》を握り締めると、鷹羽が実にくだらなさげな口調で言った。

「求めている人材は、英語、中国語のできる、真面目で若くて日本人的美形の、肌の綺麗な通訳だ。男女は問わない」

「……」

それではまるで通訳という名の愛人募集だ。

「すべての項目に当てはまる動けそうな刑事は、亜南《あなみ》ぐらいだったんだ。今年なりたてだから、刑事臭もついていないしな。年のほうは適当にサバ読め」

「僕に潜入させて、なにをさせる気ですか?」

斎は苦笑を浮かべて相手を見たが、意外にも信頼の光を鳶色の瞳のなかに見つける。

「耿零飛を籠絡して、懐に潜り込め。奴が長期滞在するからには、荻嶋組と組んでなにか大掛かりな密輸なりを企んでいる可能性が高い。その情報を流してほしい。亜南なら任務を遂行できるだろうと見込んで頼んでる」

鷹羽征一に直視されている。長テーブルのうえに置いた指先に起こった震えを、斎は拳を作って握り潰した。

鷹羽の前で緊張してしまうのは、彼が威圧的だという理由ばかりではない。

——目標としてる人だから、だ。

斎がまだ制服警察官として勤務していたころ、管轄の地区で暴力団同士の長期に及ぶ抗争があった。その時、警視庁本部から来て陣頭指揮を取ったのが当時「マル暴の若手ホープ」と言われていた鷹羽征一だった。

身長百八十八センチの外国人ばりの体軀、白いワイシャツの腕をまくって指示を出す姿は頼もしさに満ちていた。彼は名前のとおり鷹を思わせる鋭い眼差しで事態を瞬時に見極め、的確に人を動かして、抗争の鎮圧を図った。

同じ警察という組織に属していながら、自分と鷹羽はまったくの別物だった。

鷹羽は卒業大学や能力から考えてキャリアの道が妥当だろうに、管理職になりたいわけではないし、二年ごとの転勤も御免、天下りなどしたくもない、という信条、あくまで現場で経験を積むことを選んだ男だ。そういう潔さと強い自我に、斎は心酔した。

当時、鷹羽にとって斎は大勢の制服警官のうちのひとりにすぎず、意識の端にも引っ掛からなかったに違いないが、斎のなかには鷹羽征一という刑事の存在は深く刻み込まれたのだった。

鷹羽のようになりたいと、強く望んだ。

だから彼と同じ道を歩むべく、二十六歳という、ノンキャリアコースでは大卒からの最短速度で、斎は刑事になった。

ずっと憧れてきた鷹羽がいま、自分を見込んで仕事を任せようとしてくれているのだ。それに応えずにいることなどできない。

「わかりました。できる限りのことをします」

斎は力の籠もった声音で答えた。


「あ、亜南さん、お疲れさまですっ」

五課に戻った斎を目ざとく見つけて、矢島由紀の同期にあたる交通課所属の婦警が走り寄ってきた。彼女のクルクルした瞳は好奇心の輝きに満ちている。

「聞きましたよぉ。鷹羽さんにお呼ばれしてたんですよね」

「お呼ばれって……ああ、まぁ」

「いいなぁ。鷹羽さん、今日はどんなネクタイしてたんですか?」

小柄な身体を擦りつけんばかりにして尋ねてくる彼女を、由紀が引き剝がしてくれる。

「スミマセン。この子、鷹羽さんのことになると訳わかんなくなるんです」

「ああ、鷹羽さんのファンなんだ?」

「はいっ。あ、でも、怖いからお付き合いはしたくありませんけど」

それはそうだろうね、と軽く返して場を流すと、斎は自分のデスクの抽斗に耿零飛の資料が入った封筒をしまった。来週には潜入捜査に入ってほしいとのことだったから、今日明日中に課長と話し合って、カモフラージュの出張届を出しておく必要がある。

今回の件はあくまで秘密裡に遂行しなければならない。外部に漏れることは、捜査の失敗だけでなく、潜入者――この場合、斎のことだ――の命に関わりかねないのだ。敵を欺《あざむ》くには、まず味方から。斎の潜入計画を知るのは、四課の長と鷹羽をはじめとする幾人か、それに五課の長だけだ。

斎は席につくと、パソコンに麻薬密売容疑者リストを呼び出した。そこから耿零飛が幹部を務める千翼幇関係の人間を絞り込んで、情報を頭に入れていく。四課指揮下の捜査となるが、五課の本分である薬物密輸についてもなにか掴めれば一石二鳥だ。

「――そうよね。やっぱり、鷹羽さんは付き合うのもNGだけど、結婚はもっとあり得ないよね」

由紀とその友人は、小鳥が囀《さえず》るような高い声でまだ鷹羽の話を続けている。

「そうそう。それにああゆータイプって、絶対に終わったあと背中向けて寝るんだよ」

「あー、わかる。そんな感じ」

ちょっと声を低めて、由紀が言う。

「するときも、自分だけヨければいいって感じ？」

職場でなんの話をしているんだと苦笑を浮かべつつも、あながち外していなさそうな読みだと斎は思う。

鷹羽が女を甘やかすところなど、まったくもって想像できない。結婚しても、問答無用の亭主関白、夜は夕食どころか家に帰って寝るのすら週に何日か、妻子の顔も忘れかねない日々を送り、最後には耐えかねた妻に離婚を切り出される。そんな、いかにも刑事にありがちなパターンになりそうな気がする。それを誰より鷹羽自身がわかっているからこそ、三十三歳にして結婚を考えるそぶりがまったくないのかもしれない。

と、ふいに背後に気配を感じる。振り向くより早く、

「亜南さん、今度、お食事行きませんか？」

由紀とその友達が左右から覗《のぞ》き込んできた。どうやら彼女たちにとって、斎はまだしも交際を考えてみてもいい対象らしい。

「時間のあるときに、こっちから誘うよ」

斎は椅子を大きく引いて立ち上がると、自分のデスクから脱出した。

1

空から降りそそぐ夏の陽射しを遮《さえぎ》ってくれる雲は、ひと欠片もない。

じりじりと焼かれたアスファルトの熱が靴底から足に伝わってくる。

地表近くの大気がもわりと像を乱し、輝く灰色の車道では逃げ水がつややかに光る。斎は眩《まぶ》しさに目を眇《すが》めて、自分の向かう先を見やった。

まるで逃げ水のうえに浮かんでいるかのように見える、長いボディをした黒塗りのリムジン。身体が孕《はら》みはじめた熱とは裏腹、神経は冴え冴えとしていた。ひとりで敵陣に乗り込もうとしているのだ。

リムジンの周りにはブラックスーツに身を包んだ五人の男が立っている。耿零飛のボディガードだろう。

ことさら背筋を立てて、斎はサマージャケットの下、肩の力を意識して抜いた。顎《あご》を引き、視線を落ち着けて、たゆみなく歩を進めていく。

車に近づくと、護衛の人間がサッと立ち塞《ふさ》がった。

「通訳を申しつけられた、川野《かわの》斎です」

偽名を伝えると、男はいきなり斎の身体に手を伸ばしてきた。道端で入念なボディチェックを受ける。そのあいだも、斎はスモークの貼られたウインドウの向こうから投げかけられる視線を感じていた。

斎が危険物を所持していないことを確認すると、ボディガードの男はリムジンの後部ドアを開けて、なかの人間と言葉を交わす。

「入っていい。くれぐれも失礼のないようにな」

ひとつ深呼吸をしてから、斎はエアコンのよく効いたリムジンへと乗り込んだ。


——これが上海を取り仕切っている男……耿零飛なのか。

写真では見ていたものの、やはり生身の彼はまた桁違いのインパクトがあった。

広々とした車内、白い革張りのシートに腰を下ろした斎の斜め向かいの席に、零飛は長い脚を組んで座っている。スリーピースに白いシャツ、鮮やかに結ばれたネクタイ。

後ろに流された長髪に軟派な印象はまったくなく、むしろ冷たく整った印象を見る者に与える。

長身の肢体には隙がなく、座り姿ひとつ、端正だ。

外見上は日本人と区別がつかなそうなものなのに、耿零飛を包む空気は彼が異国の、大陸の人間であることを主張している。

……あまり長い沈黙は愚鈍と取られかねない。

斎は我に返って、明瞭な発音で、

『初めてお目にかかります。川野斎と申します。二十四歳で、通訳で生計を立てています』

と、中国語で偽りの自己紹介をした。

まっすぐ相手に視線を向けて様子を窺《うかが》うと、沈黙が落ちる。

通じないほど発音は悪くないはずだ。まさか早くも嘘を見抜かれたのかと不安になってくる。

その不安を包み隠して好青年らしい笑みを顔に張りつかせていると、零飛がフッと苦笑を浮かべた。

「発音はそう悪くないし、外見も充分ですが、私が求めていた品物とは少々違うようです」

薄めの唇から綴《つづ》られた日本語に、斎は大きく瞬きをした。

抑揚の違いで母国語ではないとわかるものの、驚くほどの流暢《りゅうちょう》さだ。

「あの……失礼ですが、それだけ日本語がおできになるなら、どうして通訳を?」

「日本語がわからないことにしておいたほうが、ビジネスの交渉時に便利なこともあります。

それで、連れ歩く通訳を求めたわけです」

かたちばかりとはいえ、一応本当に通訳としての求人ではあるらしい。

とはいえ、零飛のほうは斎に不満があると言う。

「さきほど、求めていた品物と違うとおっしゃいましたが、どういうことですか?」

質問すると、零飛は興味の欠けた様子で答えた。

「君の色気には深みがありません」

「……」

「身を裂かれるほどの苦痛を味わったことがないのでしょう。確かに綺麗ですが、凄みに欠ける」

——身を裂かれるほどの苦痛？

二十六年間生きてきて、それなりには悩み、痛い思いはしてきたつもりだ。警察官になってからは不条理な事件を目の当たりにして、気持ちを揺さぶられたこともあった。

だが、身を裂かれるほどの苦痛は、言われてみれば経験したことがないように思う。

「君はつまらないほど健やかだ。それでは私の食指は動かないんです」

この場合の食指はやはり、そういう意味なのだろうか。

鷹羽が「英語、中国語のできる、真面目で若くて日本人的美形の、肌の綺麗な通訳。男女は問わない」と条件を述べたときから、性的な匂いを感じてはいた。

食指など動かれては困るというのが正直なところだが、これは仕事だ。なんとしてでも、先に駒を進めなければならない。

なにかが足りないというのなら、それを補うものを提示するまでだ。

「耿様。僕の生家は歴史のある神社で、その関係もあって子供のころから真剣を使う居合や剣道などを修めてきました。耿様は中国武術に精通されていると伺っております。興味がおありでしたら、日本の武術についていろいろとお教えすることができます」

あまりに正攻法ではあるが、斎は売り込みに出た。

「……それに恥ずかしい話ですが、雇っていただけないと今月の生活費に困るんです。どうか、お願いします」

小声で付け足して、同情も引いてみる。

けれど零飛の目にこれといった反応は起こらない。長い沈黙が落ちて、やはり無理なのかという弱気が増してくる。視線が揺れてしまう。

と、零飛が口を開いた。

「私が君に本物の苦痛というものを味わわせてあげるのも、悪くないかもしれませんね」

あまりありがたくない発想だった。

零飛が軽く掌を晒《さら》し、人差し指をゆるく動かして招く仕草をする。一瞬迷ったが、斎はシートから腰を上げた。零飛の手が伸びてくる。手首を摑まれて、中腰の姿勢のまま前のめりに重心を崩す。シートに片膝をつくかたちで、広い胸に抱き込まれる。

ネクタイの結び目がすぐ目の前にあった。

花の昏《くら》い匂いがする。

「君を苦しめるために私が頭を悩ませる価値があるか、確かめさせてください」

耳元で、濁りのない低い声が囁《ささや》く。

「素敵なキスができたら、君を雇ってあげましょう」

そのふざけた申し出に、斎は伏せた顔を強張らせた。

同性とキスなどするのは絶対に嫌だ。考えるだけでゾッとする。

思わず沈黙してしまうと、零飛が耳元で囁く。

「キスひとつで、高給の仕事にありつけるんですよ。易《やす》いものでしょう？」

斎は睫《まつげ》を震わせた。

——そうだ。キスさえすれば第一関門をクリアできるんだ……。鷹羽さんの期待に、応えることができるんだ。

少しのあいだ、嫌悪感を堪えればいい。

心を決める。

相手の顔を見ないように深く目を伏せたまま、斎はそろりと零飛の頬に手を伸ばした。

なめらかな肌の感触を掌に感じながら顔を寄せる。

間近に感じる視線に、顔の薄皮を剝がされていくかのようなピリピリとした刺激を覚える。

唇を肉薄な唇へとそっと重ねる。触れたとたん、意外なやわらかさで相手の唇が開いた。

本格的なキスを要求されているのだと気づく。

生理的に起こる違和感を押し殺して、斎は潤んだ口腔へと舌を進めた。ひどく緊張している

せいか、舌がうまく動かない。まるで初心だった高校生のころにでも戻ったようだった。不器用に彷徨《さまよ》う舌に焦燥感が募ってくる。

相手が喉で小さく笑った。その嘲笑の音に、頬から耳にかけての肌が熱くなる。

「……ん、ぅっ！」

挿し込んでいる舌を吸われて、斎は思わず相手の肩口を叩いた。叩いてから、ここで抵抗してはいけないと思い出す。悪寒にも似た感覚を我慢していると、次第に吸引が強くなり、舌がジンジンと痺れだす。

痺れきったところで、強く噛まれた。噛まれながら、舌先を掠めるように舐められる。

——……ぁ。

ピクッと身体が震えた。

逃げられない舌をくにゅりくにゅりと舌で弄ばれる。痛みのなかで、快楽の泡がときおり弾ける。

斎は唇を離したい衝動をなんとか堪えて、固く目を瞑《つむ》った。

無意識のうちに、瞼《まぶた》の裏に鷹羽の瞳を思い描いていた。

猛禽《もうきん》類の目を彷彿《ほうふつ》とさせる、鋭い光を放つ虹彩。

それに見詰められていたら、巧みなキスに流されずにすむような気がして。

どれほどの時間、舌を弄ばれていただろうか。

ようやく、唇が解放される。

「……ん」

唇から溢れた唾液が顎へと零《こぼ》れ落ちる感触に、斎は目を大きく開いた。拭うのが間に合わなくて、垂れた液体がカッターシャツの襟元を濡らす。

焦点のぶれる視界で男の双眸がかすかな愉悦《ゆえつ》を宿しているのを認め、斎は自分が辛うじて第一関門を突破したことを知った。

鷹羽から渡された資料によると、耿零飛は上海黒社会に君臨する千翼幇をまとめている耿家の次男で、飛天対外貿易有限公司の総経理を務めている。

中国マフィアにはありがちな話だが、耿家は中国当局や警察といった国家権力に太いパイプを持っている。身内を送り込むことで中枢に食い込んできたのだ。

そのためマフィアという顔を持ちながらも、犯罪によって蓄えた財を用いて起業するのは難しいことではなかった。

いまや耿家は表向きは財閥形式でいくつもの企業を経営し、裏では麻薬や銃器の密輸密売、人身売買、日本などへの密入国者の仲介、マネーロンダリングといった稼業を営んでいる。そうやって、表と裏の金を効率よく融通しあっているのだから、衰えようはずもない。

千翼幇ほどの成功を収めた組織は、中国広しといえども片手で数えられる程度だ。

……中国では二十世紀前半、税率の高い農業を投げ出して、多くの農民たちが上海へと流れた。耿家もそんな流民のうちの一家族だったらしい。まず食べるために男は窃盗をし、女は身体を売り、配下を作り、次第に大きな犯罪に手を染めていった。

そして現在、国家に外貨という名の高カロリー輸液を与えるまでの身分になったわけだ。そうなれば当局もまた、耿一族の顔色を窺わずにはいられない。

そんな事情を知る者たちは、耿家のことを中国の裏皇族とも称する。表の皇帝のほうは、絶えて久しいが。

——そうすると、ここはさしずめ、その中国の裏皇族の小別荘ってところか。

よく都内にこれだけの敷地を確保して、こんな空間を造りあげたものだと、斎は連れてこられた邸《やしき》を見まわして感心もし、また呆れもする。

広い中庭を囲む、天へと反り返った屋根つきの回廊。その回廊の天井からは等間隔に六角柱形の灯籠《とうろう》が下げられている。灯籠から垂れる飾り房が、わずかな風に揺らめく。よく研磨された石の敷かれた回廊を歩きながら複雑に格子の組まれた丸窓を覗けば、明《ミン》代家具で調《ととの》えられた部屋がある。

中庭に目を転じれば、一角に蓮《ハス》の葉が浮かぶ大きな池があり、その池にはアーチ型の白い石橋がかかっている。

斎は次第に、ここが日本ではなく、中国であるかのような錯覚に陥りはじめていた。空気の匂いすら、嗅ぎなれない異国のもののようで。

斎に与えられたのは、十五帖ほどもある部屋だった。

壁には一面、緻密な唐草模様が描かれ、黒檀《こくたん》の違い棚には青磁の壷や皿が飾られている。

まるで映画のセットにでも放り込まれた気分だ。

「今日からここで生活してもらいます」

零飛に言い渡される。二十四時間体制の勤務なのは初めからわかっていたが、こんな落ち着かないところで寝泊まりすることになるとは思っていなかった。

「……ですが、着替えも荷物も持ってきていませんし」

「必要なものは、こちらで揃えます」

有無を言わせない口調でそう言うと、零飛は回廊のほうに向かって「ウー、出てきて挨拶をしなさい」と声をかけた。

ひょこりと、年のころ十一、二歳といった感じの少年が顔を出す。

「ウーです。あなたのお世話をする」

喋《しゃべ》りづらそうに日本語で言って、少年はぺこりと頭を下げた。

短めの髪に、細い身体、子鹿を思わせる瞳が愛らしい。

『僕は川野斎……斎でいいよ。よろしく』

中国語で話しかけると、少年の目に光がちらと動いた。

「私用で外出するときはかならず私の許可を取るように。いいですね」

零飛が言うのに「わかりました」と返す。

「机のうえに一週間分のスケジュールを打ち出したものがありますから、それに目を通しておいてください」

零飛が部屋を去ったあと、斎はウーに邸を案内してもらった。といっても、斎が出入りしていい場所は少なくて、自室の周辺や中華テーブルの置かれたダイニング、中庭に限られていた。

『あの石、なんて言うんだったっけ……確か、湖と同じ名前の』

中庭の、丸い石橋のかかる池のほとりに屹立《きつりつ》する奇怪なかたちをした高さ二メートルほどの石を指差しながら、斎は少年の母国語を使って尋ねた。ウーの睫が緊張しているらしいぎこちなさで上下に動く。

「湖の名前は、太湖《タイコ》。あれは、太湖石だ」

斎が中国語で尋ねたのに、ウーは日本語で返してくる。

『ああ、そうだ。太湖石だった』

斎は、軽く笑みを浮かべて見せた。

『あれは湖の底から取れるらしいね。水の浸食だけで表面にあんなふうに複雑に穴が開いたり皺《しわ》ができたりするなんて、すごいな』

ウーは高価な奇石を眺めながら、こくんと頷《うなず》く。頷いてから、横目で斎を見た。

「あなた、言葉うまい」

『ありがとう。君も、日本語うまいよ』

ウーの強張った表情がクシャッとした笑顔に変わる。けれどもそれはすぐに慌てたように隠されてしまう。

『ウーは何歳なんだい？』

並んで橋を歩きながら訊くと、「十二歳」と答えが返ってくる。

『学校には行ってるのかい？』

一拍置いてから、首が横に振られる。

『そうなんだ。お父さんとお母さんは？』

ウーは赤みのある唇の口角を下げて、黙り込んだ。どうやら両親についての質問は、してはいけない種類のものだったらしい。少年から漂う空気に強い警戒が張り巡《めぐ》らされる。

気まずい雰囲気のまま中庭を回ってから、斎はウーと別れた。

ひとり、与えられた部屋に戻る。

ほぼ正方形のかたちをした紫檀《したん》製の広いベッドに腰を下ろして、斎はなにげないふうに部屋のあちこちに視線を走らせた。

――この部屋には盗聴器やカメラが仕掛けられてると考えたほうがいいだろうな。

ここで携帯電話を使うのは危ない。鷹羽との連絡は外でフリーになったときにしようと決める。

と、巡らせた視線の先、ひとつの鉢植えが目に留まった。

なんの植物だろうか？

添え木をされていて、背丈は一メートル強、大きな葉の輪郭はゆるく波打っている。その見慣れない植物は、この異国情緒溢《あふ》れる部屋にしっくりと馴染《なじ》んでいた。

＊＊＊

「亜南はどうやら、無事、耿零飛の通訳に納まったみたいですね」

十八時、組織犯罪対策部四課のフロアに戻った鷹羽に、いかにも体育会系らしい容貌の後輩が寄ってきて、耳打ちしてきた。

亜南斎は今日の十四時、青山《あおやま》の路上で耿零飛と接触したはずだ。それから四時間が経過したが、なにも連絡がない。ということは、そのまま拾われていったのだろう。

「断られないだけのレベルの人間を送ったんだ。当然だ」

「まぁ、警視庁オススメの逸品ってことで」

東《あずま》啓太郎《けいたろう》は軽口っぽく言っているが、彼の濃い眉はずっと顰《ひそ》められたままだ。東は亜南斎の大学の一年先輩で、学生寮では隣部屋だったらしい。

「心配か？」

尋ねると、東は大きく肩を竦《すく》めた。

「そりゃ、だって、上海マフィア幹部んとこに単身で潜入っすよ？　それを刑事になってまだ何ヶ月のあいつに行かせるなんて、あり得ませんて」

心配というより、抗議の口調だ。

亜南斎を行かせることを最終的に決定したのは鷹羽だった。だから要するに、東は鷹羽を詰《なじ》りたいのだ。

「確かに困難な任務だが、俺は亜南だからこそやり遂げると信じてる」

「信じてるって、なにを根拠にですか？」

「警察学校時代からいままでの成績や評判もあるが――俺個人の評価としては、二年前の剣道大会であいつと竹刀を交じえたときの手応えだな。あの時に使える男だと感じた。俺はガキの頃から剣道をやり込んできて、国体選手だったこともある。対戦すれば、相手の本性を摑める」

試合で竹刀を握って対峙《たいじ》するのと、取調室で犯罪者と向き合うのとは、よく似ている。

一刀一言を真剣にやり取りする緊張感のなかでこそ見えるものがある。

対面した時点で、その人間のおおよその輪郭は摑むことができる。

あとは、間合いの取り方や、こちらの振りにどう応えるか。それらを細かく感じ取っていけば、おのずとその人間の質や器が露呈していく。

——緊張はしていたが、気持ちのいい太刀筋だった。痛いぐらい潔くて、斜めに逃げることをしない。それでいて、意外にしなやかさもある。

こういう奴は、有能な、いい警察官になるに違いないと思った。

興味を引かれて、試合が終わってから、さらりとした前髪。澄んだ賢げな眼差し。なめらかな輪郭。

真んなかで自然に分けられた、さらりとした前髪。澄んだ賢げな眼差し。なめらかな輪郭。

その容貌と雰囲気は、凛《りん》とした若武者を連想させた。

「けど、敵は千翼幇っしょ。いっくら亜南が優秀でもヤバいと思うんですよねぇ」

「確かに、千翼幇はうちのキャリア組にも各省官僚にもパイプがあるからな。いざとなっても、おいそれと亜南を救出してはやれん」

東の不満と不安はもっともだ。

千翼幇絡みとなれば、一気に上層部の腰は重くなる。だからこそ今回の潜入捜査は極秘扱いなのだ。外部への情報流出だけを恐れているのではない。内部が厄介《やっかい》なのだ。

「とはいえ、今回の耿零飛の来日は臭う。前回も奴の長期滞在後に大量のドラッグが出まわったからな」

去年の夏、新宿《しんじゅく》・渋谷《しぶや》・六本木《ろっぽんぎ》の所轄の警察官たちは、その流出してしまったドラッグを追って、猛暑のなかを疑わしげな若者や外国人に片っ端から職務質問して歩くはめに陥った。

そして後手後手の人海戦術で押収できたドラッグは、言うまでもなく微々たる量だった。

「そっすね。今年はなんとか水際で阻止《そし》しないと」

「そういうことだ。俺たちも腹に力を入れ直すぞ。こないだの臓器売買疑惑のルートだって、まだ絞れてないんだからな」

＊　＊　＊

昨晩、夕食後にブランド物の服が山ほど斎の部屋に運び込まれた。コーディネーターだと名乗る男に身体のサイズを測られ、スーツや普段着を次から次へと試着させられた。値札はついていなかったが、どれも斎が普段身につけているものとは桁がひとつ違いそうだった。

斎にしてみれば、おそらく芸能人や各界著名人ばかり相手にしているのだろうアクの強いコーディネーターに跪《ひざまず》かんばかりにされるのは、正直ストレス以外のなにものでもなかった。

その零飛からの「プレゼント」だというスーツを着て、いま斎は懐石料理を前にしていた。

そして、何万円もする懐石料理の載った座卓の向こうには、テレビで顔を見たことのある初老の国会議員が座っている。

議員側の話の主旨は、飛天対外貿易有限公司の日本での企業展開を是非ともバックアップしたい、その交換条件として、議員の甥《おい》が取締役を務める家電メーカーの品を優先的に中国市場に流してほしい、というものだった。

いつもテレビで居丈高にコメントしている男が自分の息子ほどの年の男におもねる様子で言葉を選びながら喋るのは——細かいニュアンスまで正しく通訳しろと、議員は斎に命令した——奇妙な感じだった。

食後、議員の秘書が「つまらないものですが、お納めください」と言って菓子折りを卓上に滑らせた。零飛に命じられて斎がその場で菓子折りの包装を解き木箱を開けると、そこには札束がぎっしりと詰められていた。

零飛が中国語で言った言葉を、斎は日本語に直して、議員に伝えた。

「申し訳ありませんが、これを受け取ることはできません。しかし、あなたの甥子さんのところの製品が我が国の需要に見合うものであるかどうかは、興味があります。後日改めて、プレゼンテーションの場を持つことを希望します」

裏でマフィア稼業をやっているぐらいだから金には汚いに違いないと思っていたのに賄賂《わいろ》を受け取らないとは、その辺の堅気のカテゴリーに入っている人間より潔癖だと、斎は内心苦笑する。

赤坂《あかさか》の料亭から出てリムジンに乗り込むと、斎の表情を読んでいたのだろう。

「日本の政財界の方たちの多くは、なかなか夢見がちですね。中国を、少し投資すれば大きな利潤を生む魔法の箱だと勘違いしている。その妄想にいちいち付き合っていたら、我が社など瞬く間に淘汰《とうた》されてしまいます。なにを中国マーケットに流通させるかはコンペティションで決めます」

すっきりとしたビジネスの姿勢に少し好感を抱いていると、零飛がさりげなく向かいのシートから斎の横に移動してきた。

腰に腕を回して、ジャケットの裾から手を大きく差し込んでくる。ワイシャツの脇腹を掌を押しつけるように撫で上げられる。鳥肌の立ちそうな感覚がゾワッと拡がった。けれども眉ひとつにも嫌がる気配を浮かべず、斎は間近にある端正な顔を見詰めて、

「あの、零飛様……このあとは確かなにも予定が入っていなかったと思うのですが」

そう控えめな口調で切り出した。

「そうですね。ふたりでゆっくりしましょうか?」

楽器でも爪弾くように、指先がシャツ越しに肌を弾く。その手つきに、そういえば零飛が中国の古典楽器に通じていると資料で読んだことを思い出す。少しずつ場所を変えて繊細なタッチで弾かれると、ふいにピクンと身体が跳ねた。

「ここが、弱いんですね」

もう一度、その臍《へそ》に近いところを弾かれれば、同じように身体が跳ねてしまう。斎はそっと零飛の指を手で包んで、悪戯をやめさせた。そうして、頼み込む口調を作る。

「どうしても家に戻って、取ってきたいものがあるんです。今晩のうちにかならず戻りますか

ら、お時間をいただけませんか?」

「このまま、車を君の家に回しましょうか?」

「いえ。他に寄りたいところもあるので、ここから電車で行きます」

零飛は数秒、斎の目を覗き込んだが、

「そうですか。残念ですね」

肩を竦めると、斎の腰から手を解いた。

心のうちでホッとしながら、斎は「わがままを言って、申し訳ありません」と頭を下げると、リムジンのドアを開けた。片足を地面についで降りかけたときだった。

「イツキ」

名前を呼ばれて、振り返る。

シートから伸び上がるようにした零飛に、下から唇を奪われた。ちろりと上唇を舐められる。

「あまり遅くならないように」

ドアが閉まり、車が走り去る。

車が信号を曲がって見えなくなってから、斎は手の甲できつく唇を拭った。

携帯電話を取り出して、記憶している十一桁の数字を打ち込んでいく——万が一、携帯電話を没収されても足がつかないように、メモリは空にしてあるのだ。

電話を耳に当てて地下鉄の駅へと歩きながら、斎は尾行の人間がいないか、あたりに注意深く視線を走らせる。

回線はすぐに通じた。鷹羽の声が耳の奥に流れ込んでくる。

フリーの時間を作れたことを斎が告げると、鷹羽は落ち合う場所を指定してきた。携帯を切ってから、すぐに発信履歴を消す。足早に地下鉄の階段を下り、斎は千代田《ちよだ》線に乗り込んだ。


「尾《つ》けられなかったか？」

なかからドアを開けた鷹羽に尋ねられる。

「はい。それらしい人間はいませんでした」

……鷹羽の顔を見たとたんに情けないほど全身の力が抜けて、自覚していた以上に、この一日緊張しきって過ごしたのだと斎は知る。

シティホテルのシングルルーム、ベッドに腰を下ろして、肺の奥底から息を吐く。ネクタイを毟《むし》るように緩めた。

「亜南ならうまく潜入してくれると信じてた」

椅子に座った鷹羽が力強い、それでいて労《ねぎら》う響きで言う。

斎は唇だけに笑みを浮かべた。

「今日は、午前中に東京《とうきょう》証券取引所会長との会談、午後は新興企業の国際経済会議に出席して、夜は国会議員の阪井《さかい》との会食でした」

「東証会長か。日本進出を本格的に考えてるってわけかな」

「そうですね。いまは日本での仕事は荻嶋組の息のかかった企業と組んでやってますが、単独でのビジネスを考えているのかもしれません」

「マフィアに正面玄関から大手を振って乗り込まれるのはたまらんな」

鷹羽が苦い顔をして、瞳と同色の鳶色の髪をしっかりした指で乱暴に掻き上げる……その仕草にはちょっと真似してみたいぐらい男らしい色気があった。

――まぁ、僕が真似したところで、あんなふうにはならないか。

ジャケットを脱ぎ、ネクタイも外したワイシャツにスラックス姿の鷹羽を、ついついじっと見てしまう。

力強く張った肩やがっしりと厚みのある胸板、長くて逞《たくま》しい腕。シンプルな服装だけによくわかる鍛えられた肉体には迫力がある。

なまじ目標とする相手だからこそ、鷹羽と自分の体格差に少し気が滅入った。

斎とて身長は百七十五センチあるし、子供のころから家の方針で剣道だ柔道だと習わされてきたお陰で、それなりに筋肉はついている。それでも細身なのは、もう体質としか言いようがない。兄弟三人のうち、兄と弟は父親譲りのしっかりした身体をしていて、斎だけが母親に似たすんなりした作りだ。

ついでに顔も、どちらかといえば母親似だった。眉のあたりはキリとしているし、甘い顔立ちではないのだが、子供のころは女の子に間違われることもよくあった。それを避けたくて可愛げのないポーカーフェイスを身につけた、という面もあったのかもしれない。

——この外見のせいで、大学時代は苦労させられたっけな……。

「とりあえず、いまのところは荻嶋組との接触や裏稼業のほうの動きはないわけだな」

鷹羽の声に連想を断たれる。

頷きを返しながら、鷹羽がなにか探るような眼差しでこちらを見ているのに気づく。

あまり見詰めるから、次第にムズムズと居心地が悪くなってくる。

「あの……なんですか?」

問いかけると、鷹羽が苦笑するかたちに唇を歪めた。

「悪いが、もう少し細かい報告をしてもらっても構わないか?」

「細かくというと、どのあたりの報告をすればいいですか?」

奇妙な間が一拍空いたあと。

「もし、耿零飛にされたことがあったのなら聞かせてほしい」

「……されたこと、って」

「奴は若くて美形だの、肌が綺麗だのなんて愛人探しみたいなふざけた条件を通訳に求めた。そのうえで亜南が雇われたということは、合格ラインだったんだろう。その手のことを要求されることも考えられる。もし、なにかあったなら把握しておきたい。耿零飛は桁外れの容姿と財力を持った男だ。籠絡するはずが籠絡された、ということも起こりかねんからな」

要するに、自分が零飛に落ちることを危ぶまれているのだと、斎は理解する。

そんな浅はかな人間だと鷹羽に少しでも疑われているのかと思うと、無性に嫌な感情が湧きあがってきた。

「鷹羽さんのおっしゃるとおり、確かに耿零飛は並外れて恵まれた男です。でも、僕は外見や金銭などでは動きませんし、第一、相手は同性ですから籠絡されることはありません。ですから、細かい報告の必要はありません」

棘《とげ》の混じる声で、斎はつらつらと答えた。

鷹羽の目が、すっと細められる。

なにか、見透かされているような気がする……報告したくないことがあったのだと、読み取られている気がする。

「必要性のあるなしは、俺が判断する。正確に話してみろ」

しばらく拒絶の意を籠めて相手の目を睨んでいたが、強要する視線に従わざるを得なくなる。

軽く唇を噛んでから、斎は口を開いた。

「耿零飛にとって僕はあまり趣味ではなかったようです。でも、素敵なキスをできたら雇うと言われたので、しました」

無表情を装って淡々と告げると、鷹羽もまた事務的な口調で質問してきた。

「そうか。どんなキスをした?」

「……。唇を重ねて、ディープキスを求められている感じだったので、舌を入れました。でも、緊張してうまくできなくて。そうしたら、舌をきつく噛まれて、舐められました」

こんな報告を真顔でしているのは、ひどく滑稽《こっけい》だ。滑稽だと思うのに、舌にその時の痛くて甘い感覚がありありと甦《よみがえ》ってきていた。

唇が離れたとたん、溢れた唾液。それが肌を伝う感触。

たぶん、鷹羽も想像しているのだ。零飛と深く唇を重ねて舌を弄ばれている自分の情けない姿が、鋭い鳶色の瞳のなかに見える気がする。いたたまれない気持ちの波が心臓の鼓動を乱す。

「気持ちよかったのか?」

露骨な質問だった。

そして、それが一番肝心な質問なのかもしれなかった。

相手が同性で容姿や財力には惹かれなくとも、快楽に流されることはあり得なくもない。

斎は鷹羽から目を逸《そ》らして、かすかに頷いた。沈黙が落ちる。夜の銀座《ぎんざ》を連なって走る車の騒音が聞こえる。苛立った、クラクションの音。

椅子の軋む音がして、鷹羽が立ち上がった。緑灰色のカーペットを踏んで、ミニバーになっているボックスを開ける。

「嫌なことを訊いて悪かったな」

その言葉とともに、缶コーヒーを差し出された。思い出してしまったキスを消し去りたくて、斎はプルトップを開けると、甘みの強い液体を口腔に流し込んだ。大きく嚥下《えんげ》しては、またすぐに口に含む。それを何度か繰り返してから、口元を拭う。

斎は、椅子に座ってブラックの缶コーヒーを傾けている鷹羽にきつい視線を向けた。

「鷹羽さんは、耿零飛が愛人兼用の通訳を探していたと承知で、僕を選んだわけですよね？……必要なら、あの男に抱かれろってことですか？」

目標とする憧れの相手に、体よく活餌《いきえ》扱いされたのだ。

さらにはこうして下卑た告白までさせられて、いつになく感情的になってしまっていた。

「亜南なら、うまくかわせるだろうと思ったから、任せた」

「どうして、そんなふうに思ったんですか？　鷹羽さんは僕のことなんて大して知らないでしょう」

「確かに直接は知らないが——四課におまえと大学が一緒だった奴がいて、そいつからいろいろと話は聞いてた」

「いろいろって、なんですか？」

鷹羽のいつも厳しさの漂う眉根がふっと緩められた。少しからかうような光が目に宿る。

「たとえば、寮での百人斬りの話とかな」

「……」

大学の寮生活において、斎の苦労は絶えなかった。もともと自分が、一部の同性から恋愛感情だか劣情だかを抱かれやすいことはなんとなくわかっていたが、寮に入ってからそれは顕著になった。

夜這いをかけられたこともあったし、酷いときは共同浴場の床に三人がかりで押し倒された。幸い武術に覚えがあるため事なきを得たものの、そうやって勝手に欲情する男を投げ飛ばし……それで、寮生活二年目の段階で百人斬りなどというふざけた偉業を達成したのだった。いわば正当防衛の結果の百人斬りで、あくまで延べ人数だ。しつこく何度もちょっかいを出してくる輩が数人いたということだ。

「ちなみにそいつも一度おまえに夜這いをかけた口らしいがな。覚えてるか？　寮で隣の部屋にいた東啓太郎」

東は高校時代、野球部で甲子園《こうしえん》にも行ったという体育会系の逞しい身体をした男だ。同じ警視庁勤務ではあったが、大学を出たあとは特に交流もなかった。ただ彼が鷹羽と組んで仕事をしていると知ったときは、ひどく羨《うらや》ましく思ったものだ。

「奴はもともとノーマルらしいが、風呂場でおまえの裸を見てたら煽《あお》られたそうだ。身体だけじゃなくて、結構本気だったみたいだぞ」

劣情を向けられるのも困るが、本気で恋愛感情を抱かれるのはもっと厄介だった。なんといっても、相手は学校でも寮でも頻繁に顔を合わせる相手なのだ。

「いつもしっかり自衛していて、大きなトラブルになったり禍根《かこん》を残したことは一度もなかったそうだな。それを聞いてたから、耿零飛にも対処できるかもしれないと思ったんだ」

一応は筋の通った理屈だった。

――けど、鷹羽さんにそんなことを知られてたなんて、かなりショックだな…。

同性の欲情を煽る男、などというレッテルは勘弁してもらいたい。

斎は缶を大きく傾けて残りのコーヒーを喉に流し込むと、世田谷《せたがや》にある中華風豪邸に戻るために立ち上がった。

＊　＊　＊

鷹羽は室内灯も消した張り込み中の車内で、考えを繰っていた。

たとえば、人質を取って立て籠もっている犯人がいたとする。

人質が体力のない子供だったり高齢者だったりした場合など特に、人質の交換を犯人に要求することがある。犯人がそれを呑んだとする。しかし、成人男性を人質にするのは犯人にとってはリスクが高すぎるため、大概、交換は女性に限定される。

その場に女性刑事がいた場合、彼女がその役を負うことになる。

命の保証は、もちろん、ない。

犯人が男である場合、女性を差し出すということはレイプの危険も発生する。

それを承知で人質交換は行われる。

刑事という道を選んだ以上、時として命や身体を投げ出して背負わなければならないものがある。

『鷹羽さんは、耿零飛が愛人兼用の通訳を探していたと承知で、僕を選んだわけですよね？　……必要なら、あの男に抱かれろってことですか？』

亜南斎は、そう尋ねた。

自分はその問いかけに斜めから返した。

『亜南なら、うまくかわせるだろうと思ったから、任せた』

それは決して嘘ではなかったけれども、楽観にすぎたのではないか。

斎が耿零飛とキスをしたと聞かされたとき、顔にも声にも出さなかったが、正直動揺した。

あの清廉な意思を示す唇が男によって弄ばれるところを思い描き、ひどく哀れに感じた。たかがキスだけれども、潔癖げな斎だからこそ、よけいに心が痛んだのかもしれない。

鷹羽は自身が同性に性的欲求を感じたことがないせいもあって、資料を見てわかっていても、零飛が斎に性的なことを求めるとは、あまり現実的に考えていなかった。

そんな無責任な状態で、斎を選び、送り出したのだ。

事態は変わらないにしても、斎にしっかり事実を認識させ、覚悟を決めて任務に赴いてもらうのが筋だったはずだ。自分も非情なことを依頼する痛みを担うべきだった。

——……セックスまで求められる可能性は高いのかもしれない。もしかすると、いまこの時にも、亜南は追い詰められてるのかもしれない。

あれから数日、異常はないという短いメールが斎から送られてはくるが……。

——せめて電話口で声を聞けたら、本当に「異常」がないかどうか読み取れるんだがな。

斎を行かせたのは間違いだったのではないか。適任すぎて、適任ではなかったように思えてくる。……それでも、斎に、もうこの任務から降りていいと言えない自分がいる。

ここ数年、中国系マフィアの日本侵出は目覚しい。彼らのやり口は大陸的だ。いままでの日本の、小心というか情緒的な犯罪者たちとは手口がまったく異なる。あまりに簡単に人の命を奪う。小さな窃盗事件で殺人が起こり、犯人は本国に逃げ帰る。インターポールや中国警察に指名手配を要請しても、逮捕には滅多に繋がらない。

近年、犯罪検挙率が急速に低下していっているのは、その辺が無関係ではない。

そして、海外犯罪組織の暗躍による薬物の氾濫。お陰で第三次覚醒剤乱用期はいまだ終わりが見えない。

だからこそ、上海マフィアの大物である耿零飛に鈴をつけておく必要が、どうしてもあるのだ。ここで亜南斎がどれぐらい結果を出せるかで、これから先の犯罪発生率は多少なりとも変化する。

表面の灰汁《あく》をちまちまと掬《すく》うより、灰汁の出所を押さえるほうが効果的なのは当然だ。

「……鷹羽さん」

横のシートから、東が小声で注意を促してきた。

「出てきましたよ」

鷹羽はひとつ瞬きをして、思考を打ち切った。

アパートの鉄階段を下りてくる男。荻嶋組に出入りしているその男がアンダーグラウンドで某大学病院に臓器を売っているらしいというタレコミがあった。しかし、肝心の臓器入手ルートが不明で、職務質問できそうなネタもない。それでここ数日張り込みをしていたわけだが、男がキサラギ食品という有名食料品メーカーの重役と接触していることは確認できた。

大学病院と食品メーカーと臓器。関連があるのか、ないのか。

「行くぞ」

鷹羽は東とともに、男を追うために夜の路上へと降り立った。

2

朝食を終えて、自室へと回廊を歩いていた斎は、ふと足を止めた。

ポチャンと中庭の池から水音がしたのだ。太湖石の陰のあたりからだ。

斎《いつき》は回廊から逸れると、庭へと下りていった。池の縁に植えられた柳がサラサラと風にそよいで、攻撃的な陽光に煌《きら》めく水面を撫でる。暑い一日になりそうだった。

太湖石の陰を覗き込むと、案の定、ウーがしゃがみ込んでいた。

その小ぶりな手が、足元の石を拾う。半袖のTシャツから伸びる細い腕が横に大きく引かれ、鋭く振られた。池の水面と平行する角度で石が飛び、ポンと水に弾かれる。ポン、ポン……三回水を蹴ってから、石は涼しい音をたてて沈んだ。起こった波に水上の丸い蓮の葉がたぷたぷと揺れ、天に向かって咲く白いたおやかな花が震える。

「水切り遊び、僕もよくやったな」

半ば独り言めいて言うと、ウーが振り返った。斎を認めると、丸い目を細めて、人懐っこい笑顔になる。

「イツキ、おはよう！」

「うん、おはよう」

この一週間、ウーはこまごまと斎の世話を焼いてくれた。彼は子供らしい柔軟さで斎に馴染みつつあった。

斎はウーの横に並んでしゃがむと、平らな石を選んだ。ヒュッとそれを投げる。やはり三回水を切って、石は沈んだ。

「イツキも三回だ」

睫をしばたかせて、ウーが楽しげに言う。

「これ、吉祥《きっしょう》が——吉祥ってうちの弟なんだけど、得意だったんだ。十回とか切ってたな」

「オレの兄さんも、十回できた」

「へぇ、ウーにはお兄さんがいるんだ。何歳?」

「十六歳。兄さんは頭がよくて、優しくて、オレにいろいろ教えてくれた。いまは上海で父さんと母さんと、いる」

「そうか。上海にみんないるんだ。それじゃあ、早く帰りたいだろう」

と、ウーの瞳がふいに曇った。

「帰らない。オレはいるけど、いない……オレは、どこにもいない」

意味がわからなくて、

「どこにもいない?」と、訊き直した。

ウーの大きな瞳に涙が溜まっていくのを、斎は見る。これまでも家族のことになると口が重かったし、そこにはなにか心の傷になることがあるのだろう。沈んだ眼差しに、彼の抱えている闇の深さが垣間見えた。

少しでも楽にさせてやりたくて、斎はウーの肩をそっと掌で包んで言った。

「ウーはここにいるし、僕もここにいる。ウーはちゃんと、僕の横にいるだろう」

「……斎の、横に？」

「そうだよ」

穴が空くほど斎を見詰めたあと、ウーは目元を染めて、泣くような笑うような顔をした。斎は笑みを返してから、石を拾った。池に投げると、一回水を切っただけで、とぷんと沈む。

「今度、一緒に水切りの練習をしよう。そうだ。近くに大きな川があるから、あそこでしよう」

少年は嬉しそうに大きく頷く。

斎は腕時計に目をやった。そろそろ零飛のお供で出かけなければならない時間だった。

「行かないと、気難しいご主人様に怒られるな」

おどけたように言いながら、斎は立ち上がった。

「また、夜にね」

斎が小さく手を振ると、同じようにウーも手を振り返した。

ジャケットとネクタイを取りに自室へと向かいながら、斎は考えていた。

上海の親兄弟。ひとりだけ異国の地にいるウー。

――でも、兄弟がいるなんて、珍しいな。

中国では二十数年前から一人っ子政策が導入されている。特に上海のような都市部では厳しく取り締まられていて、ウーの世代の子供で兄弟がいることは稀なはずだ。

――いるけど、いない……どこにもいない子供。

斎はハタと足を止めた。ひとつ思い当たるものがあった。

――黒孩子《ヘイハイズ》、なのか？

第二子以降を産むと罰金が発生するのだが、それを払わないと戸籍を得られない。庶民にはとても負担できない額の罰金で、だから中国には黒孩子と呼ばれる戸籍を持たない人間がいる。その数は千五百万人とも二千万人とも言われている。

彼らは教育を受けることも、仕事に就くことも、医療などの行政サービスを受けることもできない。

いるけれども、いない存在。どこにもいないはずの人間。

……そんな黒孩子たちが黒社会に居場所を求めるのは、むしろ自然なことと言える。彼らは根無し草となって世界中を漂い、犯罪に手を染めて生きていく。

斎はゆっくりと振り返った。

太湖石の陰から覗く子供の肩は、あまりに細く、頼りなかった。

早稲田《わせだ》通りを右折してしばらく進むと、閑静な住宅地が広がる。その一角で車は停まった。零飛《リンフェイ》とともに車を降りた斎は、目の前にドンと構えられた立派な門に目を奪われた。瓦葺《かわらぶ》きの屋根を備えた、分厚い木戸が観音開きになる造りの門だ。

掲げられた表札には、「荻島」とある。広域指定暴力団荻嶋組組長の邸だった。

零飛の元に来て一週間。潜入目的の端緒を摑む機会に恵まれたというわけだ。

呼び鈴を押すとすぐに門が開いた。着物姿の手伝いの女によって、なかに招じ入れられる。美しく整えられた日本庭園は打ち水をされたばかりなのだろう。緑と土の匂いが、強く漂っていた。

贅沢な平屋造りの家屋へと入ると、ほのかな檜《ひのき》の香りに包まれる。それが斎に、実家を思い出させた。歴史ある神社の神主などという変わった生業《なりわい》のためだろう。父は家屋から生活様式、子供の教育にいたるまで、日本的なものを重んじた。堅くて重苦しくて――けれども、ずっしりとした安定感のある環境で、斎は育った。

通された和室には白髪八割の和服姿の男が端座していた。荻嶋組組長だ。隣に座しているのは息子で、三十代前半、スーツを着ており暴力団というより企業人らしい様子だ。

茶が運ばれ、襖《ふすま》が閉められる。

「一年ぶりになりますか。そちらの目から見た日本はどうですかな」

組長が零飛に直接日本語で尋ねるのに、斎はそれを中国語で言い直そうとした。すると、零飛に軽く上げた手で不要だと伝えられる。

「そうですね。いまが底といったところでしょうか。これから少しずつ持ち直すでしょう」

「そう願いたいものだ。こちらの稼業も景気に左右されますからな」

どうやら荻嶋組組長とその息子は、零飛が日本語を扱えることを承知しているらしい。

双国の景気や政府の対組織犯罪政策などの話がひとしきり交わされたあと、それまで黙っていた息子の荻嶋栄希《えいき》が口を開いた。

「そういえば、いつも連れてらっしゃる秘書君はどうしたのですか?」

「蒼《ツァン》は向こうで私の残してきた仕事の始末をしています。今晩の飛行機でこちらに来る予定です」

「有能な秘書を持つのは、社長業を営むうえで重要なことですからね。まったく羨ましい」

この栄希という男はローン会社の社長をしているのだという。うちの秘書はまったく使えなくてと愚痴る。

「蒼が特別勉強熱心な努力家であることは確かです。私の下に来てから四年になりますが、経済の知識を基礎から身につけ、英語・日本語を問題なく扱えるようになりましたからね」

「それに腕も立つ。ボディガードとしても完璧でしょう」

ちらと横を見ると、零飛は微笑を浮かべていた。それはどこかやわらかみがあって、必要に応じて浮かべるいつもの俳優のような笑みとは少し種類が違うように見えた。

「ところで、八月の件ですが……」

言いかけて、栄希がちらと斎のほうを見た。部外者には聞かせられない類《たぐい》の話をしたいのだろう。追い出されるかと思ったがしかし、「どうぞ、続けてください」と零飛は促した。

「およその数だけでも教えておいていただけますか。こちらもそろそろ受け入れ準備を詰めなければなりませんので」

「そうでしたね。百五十です。細かい内訳は後日、蒼を通してお渡しします」

「わかりました。こちらの取り分のマージンは、いつものように成立時に振り込みということでよろしいでしょうか？」

百五十。

ドラッグを百五十キロか。銃を百五十丁か。密入国者を百五十人か。

——検閲《けんえつ》の甘い船で運び込むつもりだろう。どこの港だ？

斎は無表情に畳の目を眺めながら耳を澄ましていたが、結局その話はそこまでだった。時計が四時を回り、次のアポイントのために、斎は零飛とともに荻嶋の邸をあとにした。

その日は荻嶋邸を辞したあと、例のごとく夜まで連れまわされた。

帰ってすぐ風呂を使った斎は、危うく湯船で溺れかけた。いっそもう、このジャスミンのいい香りのする湯に潜りっぱなしになってしまいたいと思うほど、疲れ果てていた。

なんとか湯船から上がって、着物と作りの似た中国風の夜着に袖を通し、腰紐を適当に結ぶ。自室に戻り、濡れ髪のまま、どさりとベッドに倒れ込んだ。

頭のなかを、中国語がグルグルしている。それを叩き出すように、斎は側頭部を何度もはたいた。ちょっと強めに叩くと、頭がジンとして気持ちいい。

──この潜入捜査が終わったら、しばらく中国人相手はパスだ。絶対、どんなに頼まれても、パスするぞ。

五課の勤務は、不法滞在している中国人の相手をすることも多い。だから、中国語でのやり取りに多少は慣れていたものの、こう毎日何時間もビジネス用の中国語を喋らなければならないとなると、また話は別だ。ノイローゼになりそうだった。

この一週間同行して、零飛が通訳を雇った意図を、斎は身を持って理解していた。

零飛は日本語がわからないふりをすることによって、ビジネスの主導権を握り、有利に事を運ぶ。相手の言っていることをニュアンスまで常によく把握している零飛はしかし、応答するとき、ニュアンスの部分を都合よく摩《す》り替えて答えるのだ。話は零飛にとって好ましい方向へと自然に流れていく。

そして、肝心なニュアンスが伝わらないのは、通訳である斎のせいにされるわけだ。日本の政財界のお偉方から苛立った目で睨まれるのに、斎は早くも慣れてきていた。

実際のところ、零飛は日本語がわかるのだから、少なくとも日本語を中国語にするときは緻密に訳す必要などない。だが、いい加減な訳をして鼻で笑われるのも癪《しゃく》だったので、それなりにきちんと中訳している。また零飛の中国語のニュアンスを汲《く》んで、正しく日本語に乗せるのにはかなり気を使う。

——帰ったら、鮭と白飯を食べよう……。梅干しもいいな。

重い瞼を閉じて、狭いけれどもさっぱりと整えてある寮の部屋を思い浮かべる。次に目を開けたら、自分の部屋にいるのではないかと思えてくる。

まだ十時ごろのはずだったが、眠くてたまらない。そのまま、斎はすぅっと眠りに引き込まれていった。

ベッドが人の重みに軋む。

その感じに大学時代に身に沁みた警戒心が発動した。まさか警察の独身寮でまで、誰かが夜這いをかけてきたのだろうか？

男を撃退しなければと思う。

斎はパッと目を開けた。

部屋は暗くて……でも、見慣れた寮の自分の部屋ではないらしい。高い位置にある、やたらに広い天井。

首を舐めまわされる感触。冷たい髪が、顎を胸をくすぐる。

まだ夢うつつにある肢体に搦みついてくる花の香り。

腰紐は解かれていて、夜着の前は大きく開かれていた。臍に近い素肌を楽器の弦を爪弾くように刺激されて、身体が跳ねる。

「……っ」

違う。ここは、警察の寮ではない。そして、自分に覆い被さっている男は、同僚ではない。

一気に現実が知覚された。

「零飛、様？」

いままで、ふとした瞬間に唇を奪われたり、腰を抱かれたりすることはあったけれども、警戒していたほど淫らなことを零飛は仕掛けてこなかった。夜にこの部屋を訪れることもなくて、だから本当は性的な意味で雇われたのではないのだと思いはじめていたぐらいだった。

それが急に、こんなことになっている。

乳首の横の薄い皮膚を嚙まれる感覚に、斎は思わず背をシーツから浮かせた。早くやめさせなければと思うが、さすがに投げ飛ばすわけにはいかない。

「零飛様、ちょっと、待ってください」

拒絶ではなくて、あくまで少しだけ行為を遮るかのような口調を作る。

闇に目が馴染んできて、ほのかな月光が丸い格子窓からベッドに降りそそいでいるのに気づく。零飛が斎の肌から口を離して、顔を上げた。そのまま、上体を少し起こす。

つややかな長髪が乱れて顔にかかっていた。その下で、欲情に潤んだ瞳が光る。

彼が着ている薄墨色の夜着の前合わせのはだけた部分から、しっかりした胸部と割れた腹筋の上部が覗いている。まくれた裾からは右腿が露出していて——斎の視線はそこで止まった。

零飛が、自身の腿に描かれた細かな鱗《うろこ》に指を滑らせる。

「刺青《いれずみ》ですよ。本国では、そう珍しくもない」

刺青の図柄である鱗のある長いものは、どうやら零飛の右脚に巻きついているらしい。

「応龍《おうりゅう》——翼のある龍です。あとでゆっくり見せてあげましょう」

言いながら、ふたたび覆い被さってくる。斎の腿を割るかたちで、膝が深く差し込まれた。膝頭に脚のあいだを押し上げられる。リズミカルに臍の傍の弱いところを指先で弾かれる。唇のすぐ横に、キスをされる。

「や、めてくださいっ」

思わず拒絶の強い声が出たのは、重ったるい甘さが腰に生じたからだった。いやらしい動きで脚の奥を捏《こ》ねる膝から逃げるために、斎は大きくベッドのうえをずり上がった。

そのとたん、ひどく乱暴な手つきで腰を摑まれ、引き戻された。背がスプリングに深く沈む。

手が腰で蠢《うごめ》き、買い与えられたビキニタイプの下着を摑む。一気に膝まで引きずり下ろされた。黒い茂みと、やわらかい肉の茎が露わになる。下腹のそれを摑もうと、零飛の手が伸ばされる。

ほとんど反射的に斎は零飛の手を撥《は》ね退けていた。

「抵抗して、いいんですか?」

問いかけとともに、下着で拘束されている膝を摑まれた。膝が胸につくほど身体を折り曲げられる。

ここで本気の抵抗をしたら、潜入捜査を放棄することに繫がりかねない……その思いが、判断を鈍らせた。鷹羽の真剣な表情が脳裏にちらつく。

せっかく八月になんらかの取り引きがあるらしいという情報を摑んだのだ。ここに踏み留まって、もっと有益な情報を得たかった。

剝き出しになった尻を男の手が思いきり鷲摑みにする。肌に食い込む爪に眉を歪めると、零飛が愉《たの》しげに喉で笑った。尻を摑んでいた手が解けて、閉じた腿のあいだに差し込まれる。斎は脚に力を籠めたが、手は後ろから前へと抜けた。

やわらかな性器の表面をへこませるように指が這いまわり、クッと握り込む。

「……放せっ、や……やだ」

五本の指が緩急をつけて、蠢く。そうしながら掌が裏筋を振動させるように擦った。零飛の手のなかで、それが小魚のように激しく躍る。少しずつ芯が生まれ、張りと熱がペニスを覆いはじめていた。親指と人差し指で先端を摘まれてぐにぐにと捏ねられる。

「いいですね。いつもと違う、本物らしい表情で」

間近に顔を覗き込まれて、評される。

「ずっと考えているんですよ。どうしたら君に本物の苦痛を与えられるのか」

濡れはじめている先端の窪みに爪が入ってきて、蜜を掻き出す仕草をする。痛みと快楽に、斎は身体を強張らせた。

唇を啄《ついば》まれる。

抵抗もできず、かといって行為を受け入れることもできずに、性器を弄ばれていく。少しずつ溢れ出す先走りの濡れた音と、水っぽい匂い。唇を割って、ぬめる舌が入ってくる。眩暈《めまい》がした。耳鳴りがして……。

斎はふと眉を顰めた。

耳鳴りの向こうから足音が聞こえる。回廊の石の床を硬い靴底が叩く音だ。近づいてくる。

扉の蝶番《ちょうつがい》の軋む音が、部屋の一角であがった。

零飛が斎の口から舌を抜き、開かれた回廊側の戸へと振り返る。斎もぼうっとした目でそちらを見た。

月明かりに浮かぶ、人のシルエット。

『……零飛』

中国語の発音、低く抑えられた声が部屋に響いた。

『ようやく到着しましたか。待ちくたびれてしまいましたよ』

零飛もまた、母国語で唄うように返す。

相手は室内に入ると、後ろ手に戸を閉めた。そして、扉の横のスイッチを押した。高い天井から吊るされている灯籠に明かりが点る。

零飛の手の力が緩んだ隙に、斎はもがいて、彼の下から抜け出した。膝に下着が絡んだままの状態、夜着の前を寄せて下腹を隠す。

「彼が、私の自慢の秘書の義蒼《イー》です」

乱れた姿のまま、零飛が教えてくる。

蒼という青年は、斎と同じぐらいの年のようだった。

ノーフレームの眼鏡をかけて、細身のスーツを綺麗に着こなしている。髪は斜めに分けられていて、清潔な印象だ。なるほど、とりあえず外見は絵に描いたような秘書ぶりだった。きっちりしているが、左目の下にある泣きボクロと睫の長い黒目がちな瞳には色香がある。

蒼の下ろされた腕の先、固く拳が握られていることに、斎は気づく。改めて見ると、顔もひどく青褪めている。……怒りをなんとか抑えている、といった風情だ。

零飛はといえば、それをとても愉しそうな眼差しで眺めている。

なんとなく、こういうシーンをこの秘書に見せるために、時間を見計らって夜這いを仕掛けてきたように思われた。

零飛が手で招くと、蒼は不愉快げな足音をたてながらもベッドに寄ってきた。その腰を、零飛が抱く。一瞬、戸惑うように眼鏡越しにこちらを見たけれども、蒼は零飛に求められるままに身体を預け、唇を奪われた。

すぐ近くで行われている男同士の舌を絡めたキスを、斎は呆然と眺めていた。

零飛の手が蒼のジャケットの内側に滑り込むと、さすがに蒼は唇を解いて、零飛の腕に手をかけて行為をやめさせた。

『もう少し、こういう愉しみを覚えてほしいのですが』

不満とからかいの混じった口調で零飛が囁く。

上海マフィアの幹部ともあろう男が無防備な甘い表情を晒すのに、秘書で身体の関係があるという以上の繋がりがふたりにあるように、斎は感じた。

少しずつ冷静になりながら観察していると、零飛と目が合った。ふと意地の悪い色が端正な顔に浮かぶ。

「斎。セックスは許してあげますから、ここで自分でして見せてください」

なにを言われたのかわからなくて斎が無言で瞬きを繰り返していると、零飛が手を伸ばしてきた。斎の夜着の裾を摑み、大きく乱す。まだ半端に勃起している性器が露わになった。

――自分で、って……。

零飛の提案に、

『また、そんな趣味の悪いことを』

蒼が軽蔑と呆れの混ざった声、母国語で呟《つぶや》く。それを聞き流して、零飛は脅《おど》してきた。

「嫌なら結構です。こうして通訳のできる秘書も来ましたから、明日から君がいなくても困りません」

「……」

「しかし、君のような人間が乱れる姿には興味があります。愉しませてくれるなら、給金を弾みましょう」

下世話にすぎる申し出だった。

けれども、ここで引くわけにはいかない。首筋が焼けるように熱くなるのを感じながらも、斎は瞳に感情を浮かべずに念を押した。

「自分でしてみせたら、本当に明日からも通訳として仕事をいただけますか？」

零飛がゆるりと頷く。

それならば、答えはひとつだ。これは仕事なのだから割り切って、手早くすませるしかない。

零飛に促されて、膝のところでわだかまっていた下着を脱いだ。上体を起こしたまま、脚を開く。濡れている茎を右手で握った。

人前で自慰をするのなど、初めてのことだった。

擦りたてるだけでは、緊張に負けて快楽が生まれてこない。目を閉じて女の裸を思い描いて、なんとか欲情を盛り立てようと試みる。

「左手も使って、先端をいじってごらんなさい」

早く終わらせたい一心で、斎は淫靡《いんび》な提案に従った。右手で茎を扱きながら、左手の指先で、敏感な亀頭部分を撫でまわす。先端の窪みを爪でつつくと、腰にジワリと甘い波紋が拡がった。

「もっと腿を開いて、脚のあいだを全部見せなさい……そう、それでいいです」

恥ずかしさに、先走りが零れた。

——……鷹羽さん……。

いつしか裸の女の姿は瞼の裏から消えていた。代わりに、シティホテルで会話したときの鷹羽の様子が思い出されていた。

隙なく張り詰めた力強い肢体。彫像のように整った面立ち。人をおいそれと近づけない凄みも、頼もしさとの表裏で。

——このことも、鷹羽さんに、報告しないといけないのかな……。

そう思ったとたん、背筋がぞくりとして、甘い衝撃が腰から湧きあがった。大量に溢れた先走りが指をぬるく伝っていく。透明な蜜は双玉を潤して、奥の溝へと筋を描いて流れ込んだ。

震える腿がわずかに開閉し、下腹が緊張に波打つ。腰が自然と捩《よじ》れた。

「……ぁ、は」

——こんな恥ずかしいこと、どうやって、鷹羽さんに言おう。

指の刺激よりもその考えに、欲情を煽り立てられる。

「こちらも触ってごらんなさい。気持ちいいですよ」

左手を摑まれて、斎は瞼を上げた。快楽に焦点がぶれる。零飛は愉悦を顔に滲ませ、零飛の胸に抱かれた蒼は困惑した赤い顔で目をそむけている。

双丘の底に手を連れていかれる。指先がそこに触れたとき、斎は「……あっ」と声を出し、身体を大袈裟なほど跳ねさせた。

中指の先を、後孔に押しつけさせられたのだ。

ペニスから垂れたぬめりに潤んだ窄《すぼ》まりをいじらされる。気持ちの悪い、身体中から力が抜けるような刺激だ。

「んっく……ぅん」

まるで子犬の泣くような声が漏れてしまう。

指の下で細やかな襞が歪められ、せつなげにヒクンと蠢く。

「ぁ、だめ——痛っ」

その蠢きのなかに、指先を挿れさせられた。

熱い。指先に火が点いたかと思うほど、粘膜は熱かった。強い肉の抵抗を感じながら、さらに指を進めさせられる。中指の第二関節までが埋まった。

「どんなですか、自分のなかは？」

問いかけに、首を激しく横に振る。

苦しくて、助けてほしくて……鷹羽の顔を思い浮かべる。口のなかで彼の名前を呟くと、内壁が指を淫らに締めつけた。

腰を強張らせ、汗を浮かべた喉を反らす。喘《あえ》ぐかたちに戦慄《わなな》く唇を開く。

頬にピシャッピシャッと粘液がたてつづけにかかった。熱っぽい精液が、ひどく重ったるく顎へと垂れていく。

認めたくないけれども、それは初めて感じる突き抜けた快楽だった。

3

こういう、あまり鷹羽と接触したくないときに限って、フリーの時間ができる。

零飛《リンフェイ》は、今日は蒼《ツァン》を連れて、懇意の人間に会いに行っている。

前もって午後に外出予定があることを零飛に伝えて許可を取っておいたものの、鷹羽に連絡を取ろうか取るまいか、斎はかなり悩んだ。あんなことをさせられた昨日の今日で、鷹羽に会ってそれを誤魔化せる自信がない。

とはいえ、ここ数日の報告と、八月の取り引きのことについて、伝える必要があった。

午後二時、斎は前回落ち合ったのと同じ銀座にあるシティホテルのフロントを通り過ぎ、エレベーターに乗った。五階のボタンを押す。エレベーターの壁に張られている鏡を、ちらと見る。変な表情をしていないだろうか……少しでも昨晩のことを滲《にじ》ませるような表情をしていないだろうか。

ドアをノックすると、すぐに鷹羽が鍵を開けてくれる。

斎は軽く頭を下げて部屋に入った。

ベッドに腰掛けて、鷹羽が椅子に座るか座らぬかのうちに、早口で報告を開始する。この一週間で零飛が接触を持った相手と話の概要、それから、昨日ついに荻嶋組との接触があったことを告げた。

「八月に百五十と、確かにそう言ってたんだな？」

「ドラッグ・銃器・不法入国者、どれかは不明ですが」

「なににしても見逃せる量じゃない。来月に取り引きがあるとなると、荻嶋組の筋を緊急で洗わないとな。不法入国なら受け入れ先を用意しているはずだし、ドラッグや銃器なら売人筋に情報が流れてる可能性が高い」

水際で阻止できればベストだが、それができなかった場合の対処策も用意しておく必要がある。

いかに相手を出し抜くか、出し抜かれたらいかに回収するか、知恵比べ根気比べだ。

鷹羽の目には厳しい煌めきが宿っている。

その目で見詰められるのが、いまの斎はたまらなく怖かった。

鷹羽と取調室に入れられた犯罪者は進んで自供を始めるというジンクスがあるのだが、それはおそらく本当なのだろう。

鳶色の淡い虹彩に心の底まで見抜かれているように感じる。

後ろ暗い部分を、直視されている気がする。

いけないと思うのに視線が揺らいでしまった。

鷹羽がふっと訝しむ表情を浮かべるのに、斎は咄嗟《とっさ》にベッドから立ち上がった。

「また新たな情報が入り次第、報告します。なんとか、取り引き内容と場所、日時を掴みます」

「……」

大きく脚を開いて椅子に座ったまま、鷹羽がこちらを見上げてきた。

鋭利な刃物で肌を撫でられているような息苦しさに襲われる。

「亜南、おまえ、なにか変じゃないか？」

「なにが、ですか」

「なんだろうな。俺にもわからんが、この部屋に入ってきたときからずっと変だと感じてたんだ」

「……そんなこと、ありません」

「そうか？」

追求の空気をまとって、鷹羽が椅子から立ち上がった。反射的に斎は鷹羽に背を向け、戸口へと向かった。

「待て！」

心臓にビンッと響く重低音の命令とともに、二の腕を掴まれた。振りほどこうとすると、作りつけのクローゼットの戸に押さえつけられる。

すぐ近くにある鷹羽の顔に、心臓が竦む。

締まった男らしい輪郭、高い鼻梁に、甘みの欠落した二重の目。しっかりした質感の厳しい口元。

そう。この顔だ。

この顔を思い浮かべながら、自分は昨日の晩、自慰をした。

「本当に、なんでもないです。どんなことをしてでも、任務はきちんと遂行します」

――尊敬するこの人を、穢してしまったんだ。

強烈な自己嫌悪が胸を爛《ただ》れさせる。

「こんな顔してる奴を帰せるわけがないだろう。命取りになるぞ」

顎を強い指で摑まれた。そむけようとする顔を仰向けさせられる。鷹羽の唇が目の前にある。

まるで殴られでもしたかのように、首筋から後頭部にかけて痛いほどの痺れが駆け抜けた。

「……耿《ガン》零飛に、なにかされたのか？」

鷹羽の声には、いつにない感情的な色があった。

追い詰められて、斎は息を止め、唇を嚙む。

――それを見越して、行かせたくせに……。

泣きたいような、強い感情が胸で逆巻く。

鷹羽が勝手に想像するほど、自分は男を手玉に取るのがうまくない。

それどころか、倒錯した快楽に呑まれてしまうような情けない人間なのだ——昨晩のことでわかった。自分は自分が思ってきたほど理性的ではない。自分でもよくわからない領域を心と身体に抱えている。

「亜南、きちんと報告しろ！」

厳しい声に詰られる。

——あんなことを、僕に報告しろっていうのか。

酷い要求をしていることを、鷹羽はどれだけ自覚しているのだろうか？

それを探りたくて、斎は鷹羽の白いワイシャツの胸にぎこちなく右手を這わせた。心臓のあたりに押し当てた掌に、強くて規則正しい鼓動を感じる。

「……」

——崩して、やりたい。

その揺るぎなさを突き崩してやりたくなった。

もしかすると自分は、鷹羽のことを恨んでいるのかもしれない。

身体を餌にする程度の駒として扱われた。その結果、昨晩のようなあり得ない恥ずかしい行為を強いられた。尊敬する相手を、穢させられた。

自己嫌悪と鷹羽を恨む気持ちとが、ぐちゃぐちゃに入り混じる。

濡れた睫を上げて、斎は鷹羽の顔を見据えた。

「昨日の夜、目を覚ましたら、零飛に圧し掛かられていました」

ピクッと鷹羽の眉が動く。

鷹羽を傷つけたい。自分を傷つけたい。

「肌を舐められて……下着を下ろされて、直接、触られました。あそこを扱かれながらキスされました」

「……亜南」

「零飛はうまくて、気持ちよかったですよ」

鷹羽の眉根にきつく皺が寄る。

もっと、傷つけばいい。

「そうしてるうちに、零飛の秘書が部屋に踏み込んできて――彼は零飛とできているようです。キスをしてましたから。それから、ふたりの目の前で自慰をさせられました」

掌の下で、鷹羽の心臓がドクッと波打ったのがわかった。

「これは仕事の遂行のためだから仕方ないと思って、しました。脚を開いて、両手を使うように言われて、そのとおりにしました。右手で扱いて、左手で先端をいじって。手が、すごく濡れてしまって……」

斎の顎を摑んでいる鷹羽の指がじわじわと熱くなっていく。

なにもこんな詳細で卑猥な報告など、鷹羽は望んではいないだろう。それを承知で、斎は淡々と言葉を連ねた。

鷹羽と自分を傷つけるために暴露している。

それに、隠したかった事実を知りたがったのは鷹羽なのだ。彼には聞く義務がある。

「零飛に手を掴まれて、中指を自分の身体に挿れさせられました……」

鷹羽の喉仏が大きく動いて、ゴクリと唾を飲む。なまなましい想像をしたのだろう。

「あんな場所が、あんなふうに気持ちいいなんて、知りませんでした。すごく……すごく変な感じになって、射精してしまいました」

いまや鷹羽の目は、ぬめるように潤んでいた。目の縁がほのかに赤い。しっかりした量感の唇が少しだけ開いていた。それは見る者の官能を弾く表情だった。

――セックスのときも、こんな顔をするのかな。

無性に、目の前の男を煽りたくなった。

心の底から湧き立つどろどろとした想いに衝き動かされる。

「鷹羽さん……僕がイくときに誰を思い浮かべたか、わかりますか?」

囁くように尋ねる。

掌に感じる鷹羽の鼓動は、狂おしいほど強く速くなっている。

斎は汗ばんだ指で、鷹羽のシャツの布地をぐっと握り締めた。

――キス、したい。

感情の針が振り切れそうな感覚、発作的にそう思った。

鷹羽にも苦しみを担わせたい。そういう醜い気持ちと同時に、どうしようもなく甘い気持ちが息づいていた。

……キスをしてくれたら、昨晩より酷いことを強いられても耐えられる気がする。

――おかしくなってる。

自分はおかしくなっている……鷹羽に卑猥な告白をすることで、下腹に熱を抱えている自分は異常だ。際どいビキニタイプの下着で押さえつけられている性器が痛い。そこは熱く硬くなり、濡れてしまっていた。

鷹羽の顔が、わずかに近づく。

顎を掴んでいる指に力が籠もって、首を伸ばすかたちで顔を上げさせられた。心臓が裂けそうに高鳴る。

キスをされる、と思った。

もしあと三秒、鷹羽の携帯電話に着信が入るのが遅かったら、唇はきっと触れ合っていただろう。そういう普段ならあり得ない行為を促す感情の狂いが、互いのなかにあった。

かすかな振動音。

魔法が解けたような瞬きを鷹羽がした。

そして自分のしようとしたことに心底驚いた様子、バッと斎から身体を離す。

鷹羽がスラックスのポケットから携帯電話を取り出した。同僚かららしかった。ジェスチャーで待っているように伝えてくるのを無視して、斎は鷹羽を置いて部屋をあとにした。

空調のよく効いたホテルの廊下をエレベーターへと足早に歩いていく。

膝がガタガタに震えていた。

＊＊＊

「亜南！」

追っていた臓器売買事件に急に上からのストップがかかって——病院側から国会議員を通じて圧力がかかったらしい——捜査が打ち切りになりそうだという東からの電話を切ってドアを開けたが、すでに斎の姿は廊下から消えていた。エレベーターホールまで走ってみたが、そこにも姿はない。

鷹羽は目頭を押さえると、乱暴な仕草で壁に背を凭せかけた。

——俺は、なにをしようとした？

心臓の鼓動はまだ狂ったままだ。この狂いを、斎は掌で読み取ったに違いなかった。

目の奥に、ゾクッとするような色気を含んだ青年の顔が焼きついている。閉じた瞼の裏に、ありありと浮かんで見える。

――どういう、つもりだ。

それは、自分に向けての言葉であり、斎に向けての言葉だった。

『……僕がイくときに誰を思い浮かべたか、わかりますか？』

涙の粒を宿した睫を揺らめかせてそんなことを問われたら、誰でもその答を自分に絡めて妄想してしまうだろう。

混乱していた。

斎がああいう煽り方をできるような人間だとは想像もしていなかった。

鷹羽のなかの亜南斎は、鏡のように凪いだ水面を思わせる瞳をした、安定感のある青年だった。

けれど、いまさっきの斎の瞳はまるで、狂おしく逆巻く水だった。

――あの目に、呑み込まれるかと思った……。

視線も心臓も……唇も、持っていかれそうになった。

鷹羽は目を開けた。鋭い瞬きを何度か繰り返して、判断を下す。

――亜南にこのまま任務を遂行させることはできない。潜入捜査は打ち切りだ。

あんな状態では、タイトロープのうえを歩くような潜入捜査は不可能だ。

携帯電話に斎の番号を呼び出したが、しかし。

「おかけになった電話は現在電波の届かないところにあるか、電源が入っておりません……」

鷹羽は激しく舌打ちした。

どうやって斎を呼び戻そうかと慌ただしく思考をめぐらせているときだった。

エレベーターホールに少年が入ってきた。小学校の高学年といったところだろうか。もう夏休みに入った学校もある時期かと考えながら眺める。なかなか可愛い顔立ちをした少年だ。

――でも、なにか違う。

顔立ちや骨格で、日本人、韓国《かんこく》人、中国人を見分けることは難しい。だが、鷹羽にはいままで培《つちか》ってきた嗅覚というものがある。

少年から漂ってくる匂いは、日本人のものではなかった。

エレベーターが開いて、少年が乗り込む。

じっと、子鹿のような目が瞬きもせずに鷹羽を見詰めた。まるで網膜に焼きつけているかのように。

スーッとエレベーターのドアが閉まっていき、少年の姿が視界から消えた。

＊＊＊

壁一面に鳳凰《ほうおう》や花鳥図の透かし彫りが埋め込まれているダイニングルーム、その中央には大理石で作られたテーブルが置かれている。紫檀の椅子に座り、斎は食後の白茶《バイチャ》を口に含んだ。

なんでもこの白牡丹《しろぼたん》の茶は、体内に溜まった熱を排出する働きがあって、夏バテに効くのだそうだ。七月半ばを迎え、夜の暑さも増している。

零飛と蒼も夕食までに帰宅し、同じ卓を囲んでいる。

昨晩のことなどまるでなかったかのように、零飛は普段どおり高慢な様子で気紛れに中国語を使い日本語を使い、話しかけてくる。蒼は言葉数は少ないが、特にギクシャクした様子はない。斎ばかりがいたたまれない心地を味わっているようだった。

――要するに、ああいうことがよくあるってことか。

零飛はともかく、蒼はまともな部類の人間に見える。恋人だか愛人だか知らないが、悪趣味に付き合わされるのは大変だろう。

――零飛は今晩もあんなことをさせるつもりなんだろうか……僕を苦しめるために。

どうしたら本物の苦痛を与えられるのか、ずっと考えていると零飛は言った。

そして実際、いまだかつてない心理的な苦痛を斎は感じていた。

他人に見られながら自慰することに欲情を覚えた自分。

尊敬する人を、しかも同性を思い浮かべて達した自分。

――鷹羽さんを、誘惑しようとした……。自分が堕とされた場所に、鷹羽さんを引きずり下ろそうとしたんだ。

こんなにも自分という人間を嫌悪したことはなかった。

零飛と視線が合う。

鮮やかな漆黒の瞳が、すぅっと細められた。意味深な微笑。彼は斎が心に傷を負ったことを認識しているのだろう。それが口惜しい。

なごやかな口調で零飛が質問してくる。

「今日の午後は、いい時間を過ごせましたか？」

「はい。ゆっくりできました」

「確か、人に会うと言っていましたね」

「友人に会ってきました」

「友人、ですか」

含みのある声音に、斎の項《うなじ》にチリと嫌な電流が走った。零飛の目がさらに細められる。

「しかし、わざわざホテルの個室で友人に会うとは、いやらしいですね」

「……なんの、ことですか」

「昼間から犬臭い男とふたりで、なにをしていたんです？」

沈黙が落ちる。

次の瞬間、斎は椅子を後ろに倒して、跳ねるように立ち上がった。

——ばれた！

鷹羽が個人特定されているかはともかく、彼が警察の人間であると知られたのは確かだった。

──おそらく、僕の素性も。

斎は回廊に出る扉に向かって走った。けれど、扉に辿り着く前に、目の前にスッと青年が立つ。蒼だった。

彼を撥ね退けようと腕を払うと、肘を強い握力で掴まれた。腕が捻じられるのを感じ、斎は相手の腹部に膝蹴りを放つ。蒼は斎の腕を瞬時に解放して蹴りをかわしたかと思うと、一気に踏み込んできた。胸に重い掌底を受けて、斎の心臓は一瞬動きを止める。身体が後ろに吹き飛んだ。

斎は咄嗟に受身を取って身体を床で一回転させて衝撃を和らげると、素早く片膝をついた。

「蒼は並みでない拳法の使い手なのですよ。抵抗しても無駄です」

優雅に見物していた零飛が椅子から立ち上がる。

「負けを認めなさい。君は、私の目を甘く見すぎました。斎、君は金銭のために人に自慰をして見せるような人間ではない。それなのに、あんなつらそうな顔をしながらも、して見せた。その意味するところは、金銭以外の目的でここにいる必要があるということです。だから今日は自由に君を泳がせた」

昨晩のあれは、ただの嫌がらせや余興ではなかったのだ。斎は思わず舌打ちした。

蒼がいつの間にか背後に回っていた。肩の関節がおかしくなるほど、斎の両手をきつく後ろに引いて、拘束する。

「ウー、入りなさい」

零飛が回廊のほうに声をかけると、扉が開いた。深く俯いたウーが、そこに立っていた。

「ウーは、君の世話係であり監視役だったのです。今日の午後も君を尾行していたのですよ。気がつきませんでしたか?」

「……」

「少しはウーと親しくなったつもりでいたのでしょう。しかし、ウーは黒社会の人間……もっと正しく言えば、黒社会でしか生かしてもらえない人間なのです」

立ち上がらされる。

扉のところで擦れ違っても、ウーは細い首が折れそうなほど項垂れたまま微動だにしなかった。

丸い格子窓から入ってくる光の色相はゆるやかに変化し、一巡した。

猿轡《さるぐつわ》を噛まされ、革製の拘束具を手と足に嵌《は》められている。手は後ろにまとめられ、足首の拘束具と鎖で結ばれているため、軽く海老《えび》反《ぞ》りになる姿勢、芋虫《いもむし》のように動くことしかできない。監禁されているのは初めから与えられている部屋だった。

斎はベッドのうえでなんとか寝返りを打った。肩も背も腰も膝も、強張って痺れている。

ピリピリと神経が尖っていて、いまできることといったら眠って体力気力を温存することぐらいなのに、それすらもままならない。ほんの数分うとうとしてはハッと目が覚める。

橙色《だいだい》がグラデーションになっている絹のベッドカバーに片頬を埋めて、ぼうっと室内を見るともなく眺める。飾り棚に置かれた灯籠が唯一の光源だ。

ぼやりとしたやわらかな乳白色の光を受けた部屋。

と、あるひとつの変化が空間の片隅で起こっていることに気づく。

背の高い、大きな葉をつけた鉢植えを斎は凝視した。

その葉の先端から、鳥の首に似たかたちのものが垂れ下がっているのだ。肉色で、あまりにグロテスクだったから、それが花の蕾だと気づくのにしばらくかかった。

——葉の先に蕾がつくってことは、サボテンの仲間か。

どんな花が咲くんだろう……現状にそぐわない牧歌的なことを、ぼんやりと考える。

——あんなグロテスクな蕾だから、きっと極彩色の毒々しい花でも咲くんだろうな。

悪夢のなかに咲きそうな花を、斎は思い浮かべる。

と、扉をノックする音が部屋に響いた。その控えめな、というよりむしろ引け目を感じているような叩き方で、ウーだとわかった。

ここに閉じ込められてから、ウーが定期的に面倒を見に来てくれている。

どうやら夕食の時間らしかった。おずおずと部屋に入ってきた少年の手には食事を載せたトレイが握られている。トレイをベッド横の小さなテーブルのうえに置くと、ウーは斎の猿轡を外した。手枷《てかせ》と足枷を繋いでいる鎖も外される。

ウーに助けられながら、軋む身体でベッドに座る。

「騒いだり逃げようとしたりしないなら、このままに、する。そう、零飛様にお願いする」

気遣う様子、ウーは小声で続ける。

「オレ、イツキが苦しいの、嫌だから……」

みずから尾行して斎を陥れた負い目のせいだろう。最後のほうの言葉は消えかかっていた。

トレイのうえの素焼きの茶壺《チャフー》から茶杯《チャベイ》に白茶が注がれる。ウーが茶杯を斎の口元に運ぶ。猿轡のせいで唾液が足りなくて口腔が乾ききっていた。斎は杯に唇をつけるとゴクゴクと茶を飲んだ。

生き返った気分で溜め息をつく。

「ありがとう」

ウーを見上げながら、唇にちょっと笑みを浮かべる。ウーはすぐに目を逸らした。

食べやすい大きさに千切った中国式蒸しパンが、斎の口に入れられる。しっとりした食感のそれを噛む。

「……オレに、ありがとう言うの、おかしい。オレのせいでイツキは困ってる」

パンを斎に食べさせ終わったあと、ウーがぼそぼそと言った。

「ウーのせいだとは思ってないよ」

実際、この少年を恨む気にはなれなかった。

「ウーは仕方なくやった。そうだろう？　悪いことだとわかってても、やらないと、自分の居場所がなくなってしまうから」

「……」

――こうなったのは、僕自身の用心が足りなかったせいだ。

陥ってしまった事態を他人のせいにしても仕方ない。

自分の失態は自分で負うしかないとして、しかし、どうしても巻き込みたくない人がいた。

斎は盗聴器を気にしながら、囁き声でウーに話しかけた。

「ウーを信じて、頼みたいことがあるんだ」

斎がどうやら本当に怒っていないらしいというのが伝わったのだろう。ウーの瞳は潤み、頬に赤みが散る。

「なに？」

「僕とホテルで会ってた人、覚えてるね。その人に、身元が割れてるかもしれないから身を守ることを最優先にしてくれと伝えてほしいんだ……僕はかならず帰るから大丈夫だって伝えてほしい」

続けて、鷹羽の住むマンションの場所と部屋番号を教える。

ウーを信じていいかは一か八かの賭けだったが、零飛たちが鷹羽にチェックメイトをかけるのは時間の問題だ。あるいはもう絞り込みはすんでいるかもしれない。

ウーの瞳がふっと翳《かげ》ったように見えたのは気のせいだろうか。沈黙のあと、尋ねてきた。

「……イツキは、その人のところに、帰るのか？」

鷹羽のところに帰る、という言い方は正確ではないだろう。そんな親しい間柄ではない。

──……でも、僕は鷹羽さんのところに帰りたいと、思ってる。

だから、小さく頷いた。

「そう、なんだ」

トレイを持ち上げながらウーが呟く。

「イツキには帰っていい場所が、あるんだ」

＊　＊　＊

斎とホテルで会ってから丸一日以上たつが、いまだに連絡が取れない。携帯電話は不通のままだ。

一刻も早く斎を呼び戻したい鷹羽は、じりじりとしていた。

今回の潜入捜査を知っている面々は東以外ことごとく、鷹羽の主張に難色を示した。せっかく潜入に成功しているのだから、このままなんとか乗り切って八月にあるという取り引きの内容・場所・時間の情報を流してほしいというわけだ。

しばらく様子見をして、どうしても任務遂行が困難なようなら手を打とう、という結論に落ち着いた。

要するに、斎を呼び戻す了承は得ていないわけだが、自分があとの責任はすべて負うかたちで、斎から連絡が入ったら至急捜査を打ち切って戻ってくるようにと伝えるつもりだった。

自分が、らしくなく強い情動に思考を支配されている自覚はある。なにも斎の命の危機が確定しているわけではないのだ。普通なら、静観すべきところなのかもしれない。

――でも、亜南を巻き込んだのは俺だ。あいつを守る義務が、俺にはある。

鷹羽は握った車のハンドルの斜め下にある時計をちらと見た。九時十五分だ。こういう時に限って気を紛らわせてくれる仕事も一段落していたりする。明日の朝が、とても遠いもののように感じられた。

マンションの地下駐車場に車を停める。

警察官はほとんどが寮住まいで鷹羽も以前はそうだったのだが、寮の部屋数が足りない年があり、その時に民間のマンションを借りて以来、そのままになっていた。

地下駐車場の端にあるエレベーターに向かいながら、携帯電話を取り出す。捜査用に用意された斎の携帯を呼び出す。相変わらず、繋がらない。

降りてきたエレベーターに乗り込むと、走ってくる足音が聞こえたので、鷹羽は開のボタンを押して待った。

駆け込んできたのは、キャップを目深に被った少年だった。

エレベーターのドアが閉まる。

少年は階数を指定しなかった。同じ階の子なのだろうかと考える。……なにか、気持ち悪い違和感があった。そもそも、駐車場しかない地下から子供がひとりで乗り込んできたこと自体が妙だった。

鷹羽の押した七階へと、エレベーターが動きだすのと同時に、少年がスッと横に寄ってきた。まるでスリでもするかのようななめらかな手つきで、鷹羽の左手にあった携帯電話を抜き取る。

「おい！」

取り返そうと手を伸ばすと、少年はさっと身を引いてキャップを脱いだ。

現れた愛らしい顔に、鷹羽はハッとする。

それはシティホテルのエレベーターホールで見た顔だった。鷹羽の顔をスキャニングするみたいに瞬きもせずに見た、おそらく日本人ではない少年。

「……おまえ、千翼幇《チェンイーバン》の人間か？」

鷹羽は相手を子供扱いせず、重い声音で尋ねた。少年はそれには答えなかった。

「イツキがあんたに会いたがるから、迎えに来た」

喋りにくそうに、そう日本語で言う。言葉の感じからして、日本に来て一、二年といったところか。

「あんたが行かないと、イツキは酷いことされるよ。二度と会えない」

鷹羽は容赦ない力で少年の胸倉を摑んだ。

ほとんど身体が宙に浮いた状態のまま、少年が右手を上げた。次の瞬間、開いたままだった二つ折りの携帯電話がエレベーターの壁に叩きつけられて、真っ二つに割られた。残骸《ざんがい》が床に落ちる。

すぐ目の前で、ニィと少年は笑った。犯罪者の浮かべる黒い笑みだ。

「オレと行くか、行かないか。どっちにする？　タカバセイイチ」

「……」

答えなど、決まっている。

客観性にも冷静さにも欠けているのは重々承知だ。これは刑事としてではなく、一個人としての決定だった。

七階で停まっていたエレベーターがふたたび地上へと向かう。

少年に従って一階で降りる。エントランスを抜け、マンションを出ると、前の通りに一台の黒いベンツが停まっていた。お約束のようにウインドウには濃いスモークが貼られている。

鷹羽はその後部座席に乗り込んだ。

月光に照らされる広々とした中庭、黒い池に咲く蓮はほの白く輝き、回廊に掲げられた無数の灯籠は赤い光を放っている。少し強い風に灯籠はゆらゆらと揺らめき、ものの影を心地悪く揺らす。

軽い酩酊感《めいていかん》が起こる。

ともすれば、ここが日本で、都内であるのが嘘事のように思われてくる。

鷹羽は後ろ手に手錠をかけられていた。手首にかかる、ひやりと冷たい鉄の重さ。いつも手錠を人にかけるのが仕事なのに、それがいま自分を拘束している。

手錠をかけられた自分のほうが、この空間においては弱者であり、排斥されるべき異物なのだと感じる。

「零飛様、タカバセイイチを連れてきた」

ウーが告げると、

「お通ししなさい」という応えが返ってくる。少年は鷹羽の背中を押して、回廊から部屋へと彼を入らせた。

そこもまた、中国風に調えられた重厚な空間だった……明代調の机上に置かれたノートパソコンと、それに向かうワイシャツにベストとスラックスという洋装の男だけが調和を乱している。

男がディスプレイから顔を上げた。

秀でた額を露わにした総髪、漆黒の双眸、端正すぎる顔立ち。

――耿零飛。

二十八歳にして、上海を表からも裏からも支配していると噂される男。

いままで刑事という仕事柄、金持ち連中からチンピラまで数え切れない人間と対してきた鷹羽だったが、耿零飛のような男には会ったことがなかった。日本の暴力団幹部――エリートヤクザなどという人種もいるけれども、それも含めて――ともまたカラーがまったく違う。

耿零飛はまるで……。

――皇帝、だな。

紫禁城《しきんじょう》でかつて行われていたという皇帝に対する最高儀礼、三跪九叩頭《さんききゅうこうとう》。そのひれ伏す数百人の重臣たちの遥か頭上に傲然と存在する皇帝。

――この男は中国どころか、世界をも掌中に収めるかもしれない。

なにごとにおいても過小評価も過大評価も避ける鷹羽であったけれども、そんな誇大な思いが湧きあがってきていた。そういう、人を幻惑させるなにかが、目の前の男にはある。

零飛が高い背凭れの椅子から立ち上がった。

すらりと背が高く、鷹羽と同じほどの身長だ。彼が傍に来ると、すーっとあたりに香い花の匂いが漂った。嗅いだ覚えのある匂いだが、なんの花だったか思い出せない。

零飛は鷹羽の周りをゆったりとした足取りで廻った。正面に戻ってきて、まっすぐ見据えてくる。

「鷹羽征一。あなたの名前は中国黒社会でも噂にのぼります。お会いできて、実に嬉しい」

品のいい喋り方だ。

「それにしても、いい顔つきをしていますね。うちに欲しいぐらいです」

「あいにく、こっちはマフィア稼業に興味はない……そっちこそ、表の稼業で手いっぱいだろう。いい加減、黒社会から足を洗ったらどうだ?」

鷹羽が返すと、零飛は軽く肩を竦めた。

「私は表でも裏でも、需要と供給の成立する魅力的なマーケットがあれば関わります。あなたはお嫌いですか、黒社会が」

「当然だ。反吐《へど》が出るほどな」

零飛が心地よさそうに喉で笑った。

「そう言いきれるほど簡単な世界に住んでいられるのは、幸せなことですね」

「……」

この男とはあまり話をしたくないと思った。価値観の照らし合わせをしたくない相手というのはいるものだ。

鷹羽は相手を険しい目で睨み、要求した。

「俺はおまえに会いに来たわけじゃない。あいつに会わせろ」

「あいつとは、亜南斎のことですね。警視庁組織犯罪対策部第五課の刑事、亜南斎」

斎の身元もすっかり割れているというわけだ。

「ああ、そうだ。亜南に会わせろ」

と、その鷹羽の声に部屋の奥のドアが開く音が被さった。

ひとりの青年が立っていた。泣きボクロに眼鏡。端整に着こなされたスーツ。彼がいつも耿零飛が連れ歩いている秘書だということを、鷹羽は資料で知っていた。名前は確か、義蒼。二十五歳だ。

彼は鷹羽に礼儀正しく目礼してから、零飛へとなにかを耳打ちする。零飛の瞳が、機嫌のいい猫科の動物のように細められた。

「斎の準備ができたようです。彼に会うために、わざわざここまでいらしたのでしょう？　存分に会わせて差しあげますよ」

＊　＊　＊

三十分ほど前、部屋にやってきた使用人によって、斎はバスルームへと連れていかれた。シャワーを浴びさせられて、黒い革の手枷を前手に装着された。裸のまま寝室に戻り、ベッドに乗ると足首にも枷を嵌められた。

妙に冷静に、零飛に抱かれるのだろうなと、思う。

――女じゃないんだ。妊娠することもない。

覚悟を決める。

抱かせて油断させれば、脱出のチャンスを作れるかもしれない。

絹のベッドカバーのうえに全裸で横たわっている。横倒しの視界に、白い花が一輪咲いていた。それを眺めて、その美しさに自然、溜め息が出る。

斎の監禁されている部屋の片隅に置かれていた鉢植えは、月下美人《げっかびじん》だった。

今晩初めての花が咲いて、それを知った。

肉色のグロテスクな蕾は数時間かけてゆっくりと開いた。蕾からは想像もできないような、純白の花弁と長く繊細ながく。あでやかでたおやかな、一夜花。

零飛から漂うのと同じ芳香が、ひたひたと部屋を満たしていた。

回廊を歩いてくる足音が聞こえる。

斎は目を閉じた。できるだけ感覚を閉ざしていようと思う。暴行が身体のうえを通り過ぎるのを待てばいい。

――ずっと考えているんですよ。どうしたら君に本物の苦痛を与えられるのか。

零飛はそう言った。

――僕は、零飛にどんな抱かれ方をしようと、本当には苦しまない。本物の苦痛なんて味わわない。

斎は唇を歪めた。所詮、こんな凡庸な傷つけ方しか零飛が思いつかなかったことがおかしかった。

扉の開く音。

目を開ける気にもならなかった。性器を隠すのも、かえって零飛を喜ばせるだけのように感じられて、斎はそのまま投げ出すように横倒しの裸体を晒していた。

奇妙なほど長い沈黙が落ちる。シンとしたなか、自分の肌を這いまわる視線のむず痒さ。

耐えがたい気持ちが募ってきて、目を開けようかと思ったときだった。戸惑いを含んだ低音が呼びかけてきた。

「……亜南」

斎は眉を大きく動かした。

それは、いまここで聞くはずのない声だった。

でも確かにその声は――斎はおそるおそる目を開き、扉のほうを見た。

「ど、うして」

呆然として呟く。

ワイシャツにスラックス姿の長身の男。鳶色の瞳が、こちらを見詰めている。

「鷹羽、さん」

名前を口にしてから、鷹羽の目に映っているだろう自分の姿に慌てた。もがくようにしてベッドに起き直り、腿をくっつけて膝を立て、下腹を隠す。自制しようもなく、顔も耳も首筋も火照《ほて》る。

「いいですね。可愛らしい反応です」

鷹羽の横を通って部屋に入ってきた零飛が、斎を見下ろして愉悦の微笑を浮かべる。

「彼に情けない姿を晒すのが、そんなに恥ずかしいですか？」

頬を撫でてきた手を、斎は拘束された手で払った。零飛を睨みつける。まるで睨みつけられたのが心地よいように微笑し、零飛は斎の耳元に唇を寄せてきた。

「つらがる姿を、私に見せてください」

目の前が真っ暗になった。零飛は鷹羽の前で自分を抱くつもりなのだ。それだけは、とても耐えられない。

斎はプライドをかなぐり捨てて、鷹羽に聞こえないほどの小声で哀願した。

「どんな抱き方をしてもいいから、なんでもするから、鷹羽さんはこの部屋から出してくれ」

漆黒の瞳を愉しげに煌めかせて、零飛は斎の傍から離れた。鷹羽のほうに歩いていく。鷹羽を部屋から出してくれるのかと思ったがしかし、零飛は鷹羽の肩を摑むと斎の元に連れてきた。

斎のすぐ近く、ベッドの端に鷹羽が座らされる。

零飛は扉のほうに戻りながら「ウー、入りなさい」と呼びかけた。おどおどと部屋に入ってきた少年の細い手首を摑み、零飛はスラックスのポケットから折り畳み式のナイフを取り出した。

ウーを膝に乗せるかたちで椅子に座った零飛が、やおら少年の首にナイフの刃を押し当てる。ヒッと、ウーが声にならない音をあげる。斎は思わず身を乗り出して声を荒げた。

「なにをするんだ！　ウーを放せっ」

「私を愉しませてくれたら、ウーを放してあげましょう」

ピタピタとリズミカルに、子供の喉元の薄い肌が刃に叩かれる。

「……愉しませるって、なにを」

「鷹羽征一とセックスして見せてください。なかで射精させることができたらいいことにしましょう」

あまりに下卑た不可能すぎる要求に、思考が停止する。黙り込んでしまうと、鷹羽が苦い声で零飛に言った。

「しろと言われても、この拘束を外してもらわないことにはやりようがない」

「そんな上手なことを言って逃げる算段をしても無駄ですよ。多少不自由でも、頭を使えばできるでしょう。日本の警察の優秀さを見せてください」

嘲る口調で言いながら、零飛がナイフの角度を変えた。次の瞬間、ウーの喉に一本の赤い筋が走る。ツ…と、少量の血が流れた。

「こんな黒孩子《ヘイハイズ》の子供など、生きていても死んでいても大差ない。斎、君も同感なら、しなくても結構です」

「……」

斎はギリッと唇を噛んだ。憎悪の表情を自分が浮かべているのがわかった。こんな剝き出しの憎しみを他人に晒すのは初めてのことだった。

「どうする、亜南」

尋ねられて、斎は険しい眼差しのまま鷹羽を見た。

「あのガキはマンションで待ち伏せして俺をここに連れてきた奴だ」

要するに、一か八かの賭けは斎の負けに終わったわけだ。斎が鷹羽を逃がすために教えた住所へと、ウーは鷹羽を捕獲しに行ったのだ。

「憎ったらしいが、俺は見殺しにできそうにない」

鷹羽の精悍な顔には、苦々しい表情が浮かんでいる。

——ウーは僕の願いを聞き届けてくれなかったけれど、だからといって見殺しにはできない。

でも、それだと……。

鷹羽とセックスをすることになる。

斎は動揺に目を伏せた。瞼が震えてしまう。

鷹羽はずっと目標にしてきた尊敬する相手だ。

刑事としての彼の能力に惹かれた。竹刀を交じえて、彼の強い精神力を思い知った。その男らしい容姿が羨ましくてならない。少しでも、鷹羽に近づきたかった。

「十秒以内に答えを出しなさい」

飽きてきた様子、零飛は言うと、ウーにカウントダウンを始めさせた。迫りくる死の恐怖に震える子供の声が室内に響く。その声はガタガタと斎の心臓を揺らした。

カウントが5になったとき、鷹羽が呟いた。

「抱いても、いいか？」

カウントが2になったとき、斎は顔を上げて、鷹羽の目を見た。

そして、零飛にも聞こえるように、はっきりと言った。

「しましょう」

しかし、するとは言ったものの、どう始めればいいのか斎はわからなかった。普通ならキスをして互いに緊張を解しながら……というのが順当なわけだが、まさかこんな場面でそんなセックスをするわけにもいかない。しかも相手は同性で、よりによって鷹羽征一なのだ。

そもそも、いままで女を抱くことはあっても、男に抱かれたことなどない。

どうにも身体が動かなくて、斎は固まってしまっていた。

先に動いたのは鷹羽だった。両膝をベッドに乗せてくる。スプリングが重い身体の移動に軋むのに、緊張が走る。

「亜南」

いたって平常な声音で、鷹羽が言ってきた。

「俺はまったく手を使えない。服を脱がせてくれ」

鷹羽は後ろ手に拘束されているから、前手に拘束されている斎が手助けしないことにはなにも始まらないのだと気づく。

「……あ、はい」

鷹羽のワイシャツの胸元のボタンに指をかけると、低い声が囁く。

「下だけでいい」

「……」

心臓が痛いほど脈打った。自分の目元が赤くなるのを感じながら、斎は鷹羽の胸元からベルトへと手を下ろした。他人のベルトの金具は外しにくくて、それに緊張で手がかじかんだようになっていて、なかなか外せない。

「大丈夫だ。落ち着け」

なにが大丈夫なのかわからないけれども、鷹羽の力強い声に、斎の指の動きは少しだけなめらかになる。ベルトを外してから、躊躇いがちにスラックスのジッパーを開く。ダークグレイの下着の布地が覗いた。

「面倒だから、下着もまとめて下ろしてくれ」

潔いあっさりした口調で鷹羽は言い、それから軽く口元に笑みを浮かべる。

「亜南にだけストリップさせておけないしな」

つられて、斎も唇を緩めた……鷹羽が少しでもリラックスさせようとしてくれているのを感じる。

斎はスラックスと下着をまとめて摑んだ。事務的な手つきで、衣類をしっかりした太さのある腿の中ほどまで下ろし——思わず、見詰めてしまった。

鷹羽のそれは日本人離れした逞しい身体に相応しいものだった。

「……亜南は男とやったことあるか？」

「あるわけ、ないでしょう」

「そうか。俺もない」

鷹羽の唇が、斎の耳に触れそうなほど寄せられた。

「あそこをほぐさないと入らないだろう。うつ伏せになって、腰を上げろ」

どんなにほぐしても、平常時でこれだけの大きさのあるものが膨張するのだ。自分のなかに入るとは、とても思えなかった。

困惑しているうちに、少年の短い悲鳴があがった。ハッとして振り返ると、ウーの喉にはもう一本、赤い線が刻まれていた。

ノロノロしていれば、どんどん傷は増えていくだろう。場所と深さによっては、一気に致命傷になりかねない。

——できない、なんて選択肢はないんだ。

斎は改めて自身に言い聞かせると、身体を伏せた。足首も拘束されている不自由な身体、うつ伏せの姿勢で膝を立て、腰を上げる。

「潤滑剤はないのか？」

まるで、ボールペンはないかと尋ねるような乾いた声で、鷹羽が零飛に訊く。

「工夫すれば、そんなものがなくてもできるでしょう」

しれとした答えに、鷹羽が舌打ちする。

斎はきつく頬をベッドカバーに押しつけて、なにも考えないようにしながら、腿を開いた。手を前から脚のあいだへと差し込む。強張る双丘へと指先を潜らせる。鷹羽は手が使えないのだし、自分で挿入される場所を緩めるしかない。

一度だけ零飛に強いられて、みずからの指を含んだことのある場所を探る。窄まりはすぐに見つかった。乱暴に中指を突き立てようとしたが。

「……ッ」

粘膜の口を引っ掻いてしまい、斎はビクッと身体を震わせた。

このあいだ狭いなりにすっぽりと指を呑み込んだのが嘘のように、そこは乾いて閉ざされている。

「もっと脚を開いてみろ」

これ以上脚を開いたら、鷹羽に後孔を見られてしまうだろう。

逃げ出したい気持ちに臀部や脚がわななく。それでもぎこちない動きで、斎は言葉に従った。力が入ったままの双丘が割れて、底を晒す。せめても中指の先で蓋をするかたち、蕾んだ孔だけは隠している。

「腰を突き出して――そうだ。指をどけて、拡げろ」

頬と胸をベッドに押しつけて、背を弓なりに反らし、腰を天井へと試すように突き上げた。

蓋をしていた指をずらし、狭間を指で割り拡げる。

情けなさと恥ずかしさに、会陰部が不安定に震えつづける。ガンガンと痛むほど頭が熱い。

いまはもう、後孔をあられもなく晒してしまっていた……鷹羽の目に、晒してしまっている。

「……ぇ？　あっ」

ふいに指が濡れた。

「動くな」

思わず下半身を逃がそうとすると、強い声が降ってきた。

指がもう一度濡れて、粘膜への口にぬるりとした感触が訪れる。それは襞の周囲をくるくるとやわらかく這いまわり、ふたたび中心に触れた。

「ぃや――っ、鷹羽、さんっ！」

斎は額をベッドに押しつけて、泣き声にも似た声をたてた。

――そんなところ……っ……。

意識が揺らぐほどの羞恥といやらしい刺激に斎は身悶えた。

「ぁ……っ、ああっ」

まったく汚いなどと思っていないかのように、鷹羽の舌は斎の後孔を丁寧にいじりつづける。閉じている蕾が、緩急をつけた舌の動きに翻弄されて、綻びそうになる。

過剰に垂らされた唾液が会陰部を伝って、双玉を濡らした。

「く……ふ」

下半身に力が入らなくて、斎の膝はカタカタと震えた。脚のあいだが痛いほど痺れている。

やわらんでしまった窪みを、硬く尖らされた舌先がつつく。

舌が体内にぬるっと入ってきた感触に、斎は声をあげて、目を見開いた。柔肉が内壁を満たし、蠢く。頼りない異物を食べさせられた場所が、自制しようもなくピクピクと痙攣《けいれん》しだす。

粘膜にたっぷり唾液を含ませてから、舌が抜かれた。

「指、挿れてみろ。入るから」

頭のなかに靄《もや》がかかったようになって、ムズムズするそこに斎は指を押し当てた。

右手の中指に力を籠める。鷹羽の言うとおり、ツプッと指先が濡れた粘膜に沈んだ。さらなる挿入を促すように、指を含んで開いている襞を舐められる。舐められるのが嫌で、無理に第二関節まで挿れると、今度は人差し指を濡らされた。それも挿れろと言うのだ。

いまや、鷹羽の唾液で斎の双丘の谷間はぐっしょりと濡れそぼり、火照る内腿の肌をとろりとした雫《しずく》が幾筋も伝い落ちている。

ペニスまで濡れている感覚があって……。

中指に添えて人差し指も挿入しながら、斎は朦朧とする瞳で自身の下腹を見た。

「ぁ――っふ、ん……ん」

そして、あり得ないものを見てしまう。

力なく垂れ下がっているはずのペニスが、ピンと表面を張り詰めさせて角度を持っていたのだ。その先端に宿っている雫は、決して鷹羽の唾液だけではない。実際、二本の指で体内が拡がる感覚に、新たな蜜が溢れた。ポツンとベッドカバーのうえに滴り、染みを作る。

左手の人差し指に唾液が絡められる。こんな異常な事態で感じてしまっている自分を否定したくて、自虐的な乱暴さで斎は三本目の指を突っ込んだ。

襞が薄く引き伸ばされ、ピリピリする。その痛みを無視して、指を蠢かせる。きつい内壁が指に歪められて、痛む。痛いのに、ゾクゾクと背筋が震えて、下肢全体が膿《う》むように熱くなる。

鷹羽がベッドのうえを膝で移動し、斎の頭のほうに座ってきた。

「俺のを、濡らしてくれるか？」

斎は腫れぼったい瞼を上げ……欲情しているのが自分だけではないことを知る。

鷹羽の性器は激しい角度で勃ち上がり、太い脈を浮き立たせていた。怖いほど怒張している。

濡らすという意味は、考えるまでもなかった。

斎は首を反らして、唇を開いた。それ以上の動きは斎のほうからはできない。

さすがに鷹羽も少し躊躇っているらしい間があったが。

張り詰めた亀頭が唇の輪を押し開いて入ってきた。口のなかに溜まっていた唾液がクチュッと音をたてる。斎はたどたどしく舌を使って、ペニスに唾液を塗った。フェラチオ特有のはしたない音がたって、鷹羽が震えるような溜め息を吐く。同時に先走りの苦みのある味が舌に拡がった。

——これが、入ってくるんだ。こんな大きいのが……。

三本の指を挿した場所が、恐怖に収縮する。指を締めつけると、なぜか甘い燻《くすぶ》りが下腹に湧きあがってきた。思わず鷹羽のものにしゃぶりつきながら、腰をくねらせてしまう。

「ウー、ご覧なさい。斎はあんな潔癖そうな顔をしているくせに、ずいぶんといやらしい人ですね」

零飛の言葉に改めて羞恥心を衝かれて、斎は身を固めた。

——零飛だけじゃない……ウーにも……。

杭を打たれたような痛みが胸に生じ、息が詰まる。

「外野は無視しろ。おまえは俺のことだけを感じてればいい——そろそろ、いいか？」

斎の口から性器を抜いて鷹羽が憮然と言い、尋ねてくる。

これ以上の醜態を晒すよりは、痛みに貫かれるほうがマシだった。

斎が頷くと、鷹羽が背後に回る。

指を体内から抜き、鷹羽が挿入しやすいように、指先で粘膜を開く。

斎の息は自然にあがっていた。怖い。緊張に腰のあたりがジンジンと重く痺れている。

硬くて濡れたものが、指のあいだに押し当てられる。粘膜の口に試すように何度か押しつけてから、張った先端が食い込んできた。

とても受け入れられなくて、結合がズレる。

「悪い。俺のを支えてくれ」

鷹羽は唸るような声でそう言った。なにか少し焦っているような……挿入したがっている男の声に聞こえる。

斎は、手を伸ばしてその筋の浮いた幹を握った。すぐに繋がる場所が重ねられる。

「できるだけ力を抜いてろ」

悲鳴をあげないでいるのが、精いっぱいだった。

身体を下から、ゴリゴリとすさまじい力で押し潰されていく感覚。

少し引いたかと思うと、また押し込まれる。

それが延々と続いていく。

限界を超える激痛が続いてから、ふいに鷹羽が前のめりにバランスを崩した。斎の背中に胸を乗せるかたちになる。何分の一かはわからないが、鷹羽の性器が体内に入っていた。

痛みに硬直する斎の項に、やわらかな感触が起こる。それは耳の裏に移動し、髪に落ちた。

普段の険しい空気をまとった鷹羽からは想像もできないほどの、優しいキスの雨だった。

異物の質量に少しだけ慣れてきた肉のなかを、猛々しい雄がわずかに擦る。激しい痛みに嚙みつくように締めつけてしまうと、動きはすぐにやんだ。背中にキスが流れる。

「痛いか？」

労わる声音に尋ねられて、斎は頷いた。とても鷹羽が射精できるほどの行為には耐えられそうにない。つらすぎて、汗の浮かんだ背中の筋が引き攣る。

耳朶に熱い唇を押し当ててから、鷹羽が言ってきた。

「……亜南、俺のを擦ってくれ」

「擦、る？」

意味がわからなくて、訊き返す。

「なかで出しさえすればいいんだ。手でしてくれ」

ようやっと、鷹羽の言わんとすることを理解して、真っ赤になる。けれど実際、それしか方法がないように思われた。

斎はそろそろと結合部分に手を伸ばした。焼けた鉄のような熱と硬さをもった雄に触る。触ってみて、まだほんの少ししか入っていないことを知る。

逞しく張った裏のラインを指で辿る。もう片方の手で、ずっしりと重さのある双玉を転がしては、その表面に指を食い込ませて揉む。耳元の鷹羽の呼吸が、快楽のポイントを教えてくれていた。

手淫に応えて、体内に含んだものがしなる。

痛みに萎縮していたはずの斎の茎は、いつの間にか芯を持っていた。

——鷹羽、さん……、腰が……。

たぶん、無意識なのだろう。浅い繋がりのまま、鷹羽の腰が蠢き、斎のなかを掻きまわす。初めほどの激痛はない。苦しくも甘い疼《うず》きが、身体に波紋を拡げ、熱い芯を育てる。

心臓がドキドキしてきて、どうしようもなく呼吸が苦しくなってくる。

忙しなく息をしながら、斎は熱い両手で鷹羽の幹と双玉をキュッと握り締めた。内壁が勝手に、大きな亀頭を潰すように締めつけてしまう。

「……く、出る」

それは突然の絶頂だった。

鷹羽の腰の蠢きが止まり、どろっとした熱が体内に激しく注ぎ込まれる。その表現しがたい感触に、斎は血が滲むほど唇を噛んで耐えた。

耳に荒い息がかかり、果ててから十秒ほどのちに、ようやく繋がりが抜かれる。

「終わりましたか。証拠を見せてください」

零飛に求められるまま、斎は朦朧としながらも指で拡げて、犯されたばかりの場所を晒した。腫れたそこがヒクついて——鷹羽の精液が溢れだす。それは脚のあいだをねっとりと伝い、太腿へと流れた。

「なかなかよかったようですね。そんなに出して」

「おまえの望みどおりにしたんだ。その子を解放しろっ！」

鷹羽が響く低い声で、零飛に怒鳴る。

斎は腰を落とし、うつ伏せにベッドへと脱力した。性器がじわじわと熱く疼いている。

首からナイフを外されたウーは零飛の膝から転ぶように降りると、部屋を飛び出していった。

零飛はすいと椅子から立ち上がると、愉しげに唇の端を上げた。

「実にいいショーでした。今回の日本滞在は、あなたがたのお陰で退屈しないものになりそうです」

＊＊＊

まだ肌に月下美人の花の香りが染みついている。

斎を抱いていたとき、ずっとその昏くてあでやかな匂いに包まれていた。

——……あの、亜南斎を。

ストイックな印象の強い、清げな青年。

ほっそりと締まった身体、腰だけを高く上げて体内に指を挿している姿が目に焼きついてしまっていた。

凛とした顔を羞恥に染め、眉を苦しげに顰めながら、口元を濡らして自分のペニスを咥えてくれた。まるで欲情しているみたいにくねる腰。

なめらかに丸い双丘の中心で息づく、淡く色づいた秘孔。

斎の狭い内部に自身を突き入れたときの感覚と映像が甦ってきて、腰がブルッと震える。

まともに挿入もできないほどきつくペニスに嚙みついてきた、熱い肉の壁。

ほんの先端しか挿入できなかったにもかかわらず、いままでしたどのセックスよりも、それは甘美な行為だった。受け入れられない分、懸命に指で淫らなことをしてくれた。

潮の味のする細かな汗を浮かべた項。

普段からはとても想像できない数々の斎の淫らな姿が、スライドショーのように脳裏に映し出されていく。

放出した自分の精液が斎の体内から溢れてくる、なまなましい映像。強要されて仕方なくやったと言うわりには大量すぎる精液が、その行為で感じた自分の欲情を証していた。いつまでも、とぷり…とぷり…と、赤く腫れた窄まりから吐き出される。

窓のひとつもない監禁部屋の闇のなか、鷹羽は何度目か知れず、寝返りを打つ。膿んだようにジクジクと身体が芯から煮えている。

また斎によって満たされたがっている己の浅ましい欲望を、鷹羽は唇をきつく噛んで殺そうとする。血の味が口のなかに拡がる。

この際、後ろ手に拘束されていて、かえってよかったかもしれない。

そうでなければ、今度は空想のなかでもう一度斎を汚してしまっただろう。

——……違う。亜南はそんな対象にしていい相手じゃない。

鮮烈に交じえられる竹刀の音が、記憶の底から響く。

警視庁剣道大会の会場だ。無駄のない、歪みのない太刀《たち》捌《さば》き。

試合後に垣間見た、若武者を思わせる凛然とした面立ち。

凪いだ水面のような瞳が、自分を熱心に見詰めていることに気づいたのはいつからだったろう。

警察官、特に刑事を目指すような者は多くが、目標とする憧れの対象を持っている。実際、鷹羽自身そうだった。その人のようになりたくて、刑事になった。事件を通して自分の不甲斐なさや現実の不条理さにぶつかり挫折しそうになったとき、励みになったのは、その尊敬する人の存在だった。ここで投げ出したら、いつまでたっても相手には近づけないのだと、歯を食いしばって、自分を奮い立たせた。

だからこそ、斎が自分に向けてくる感情がどれだけ純粋なものだったのか、わかっているつもりだ。

それを、この身体で、踏み躙《にじ》った。

斎はきっともう、以前のように自分を見てはくれないだろう。

深い喪失感が胸を占めていた。

苦い唾液が口腔に溢れ返る。

……途切れたかと思えばまた漂う、肌にこびりついた月下美人の花の匂い。

それに悩まされながら、鷹羽はぐつぐつと身を焦がす欲情と苦しい想いを抱えたまま、眠りに落ちていった。

4

「よく、僕を連れ出す気になりましたね」

品川《しながわ》にあるオフィスビルから役員たちに見送られてリムジンに乗り込んだ斎は、斜め向かいの席の零飛《リンフェイ》に無表情で言った。

「通訳として君を使いつづけると約束したのは私ですからね」

約束を守るマフィアなど笑止だと、斎は冷ややかに思う。

「それに、連れ出したところで、君は拘束されているも同然でしょう」

零飛の邸に、鷹羽は監禁されている。そして鷹羽のことを蒼《ツァン》が見張っている。もし斎が妙な動きをすれば、鷹羽の命は保証しないということだ。斎は憎しみを籠めた目を零飛に向けた。

「ずいぶんと怖い顔をしますね。昨晩のことが、そんなに苦痛でしたか？　しかし、オナニーをしてみせてくれたときも思いましたが、君はなかなかいやらしい身体をしている」

露骨に煽る言葉を言われても、羞恥に赤面するより、怒りに顔を青褪めさせる反応のほうが強かった。

昨日の晩は一睡もできなかった。

――零飛は僕に苦痛を味わわせることに成功した……成功してる。

怒りと口惜しさと恥ずかしさとが、狂おしく胸のうちで逆巻いている。

いままで経験したことがないほど、気持ちはボロボロに傷ついていた。

脚の奥にも、まだ抉《こ》じ開けられた重い痛みが残っている。

――鷹羽さんの顔を、きっともう、二度とまともに見られない……。

憧れを、自分の手で穢させられた。

自分の心が乾いて無惨にひび割れていく感覚。

まるで斎の心の内を覗き、愉しむかのような沈黙のあと、零飛は言った。

「君が透明な拘束具を嵌められたままどう足掻くのか、存分に愉しませてもらいます」

「……」

「ただ安穏と監禁されている人間を弄んでもつまりませんからね。充分に気概を見せてください。そうしたら、私がその気概を捻《ね》じり潰してあげましょう」

零飛は斎が刑事であることを承知で連れ歩き、自身の手の内をわざわざ見せようと言うのだ。

リスクをすらゲームとして愉しむつもりなのだ。

――……ずいぶんと馬鹿にされたものだな。

腹の底からドロドロとした新たな怒りが湧きあがってくる。

――そっちがその気なら、こっちも喰らいついてやる。

斎が冷たい闘志を瞳に滾《たぎ》らせると、心地よさそうに零飛が笑った。


邸に戻った斎は、ふたたび手足を拘束された。

夜着を巻きつけた身体をベッドに横たえ、鉢植えへと目をやる。

昨晩咲いていた月下美人の花は、一夜で萎《しぼ》んだ。けれどもまたぞろ、新しい蕾をいくつか葉先につけていることに気がつく。

月下美人というと、一年に一度、一夜しか咲かない、という印象で、こんなふうに何個も蕾をつけるものとは思わなかった。

しかし数が咲くからといって、ありがたみが減るとも感じない。

あの、威風がありながらも繊細な純白の花には、見飽きず、人を酔わせる美しさがある。姿でも匂いでも、人を魅了する。

花を思い出していると、項のあたりにこそばゆさが起こる……汗を吸われたことを思い出す。

自分に背後から圧しかかる男の重さ。背中に感じた、鍛えられた胸から腹にかけての硬い感触。とめどなく体内から溢れ出ては脚のあいだを濡らしていく、男の欲情。

――鷹羽さん……。

初めて月下美人の花を見たことと、初めて男に抱かれたことが、自分のなかでなにか繋がってしまっているようだった。

だから昼間、零飛から漂う香りに悩まされた。

まるでスイッチを入れられたみたいに、思い出してしまっていた。昨晩の、鷹羽とのセックスを。

心身の痛みとともに思い出される、あるべきではない快楽。

頬がひどく火照る。斎は目を閉じ、ひんやりとしたシルクのベッドカバーに片頬を埋めた。

——ダメだ。もっと頭をはっきりさせて考えないと。どうやって零飛の上手《うわて》をいくか、どうやって鷹羽さんとここを脱出するか、しっかり考えないと。

零飛が自分たちを上海に連れ帰るとは思えない。日本から引き揚げるとき、東京湾あたりに沈められるのがオチだろう。

意識を取りまとめて考えようとしていると、コンコンと扉が叩かれた。ノックの仕方でウーだとわかった。

キィッと蝶番が高い音をたてる。回廊に下げられた灯籠の光を受けた華奢《きゃしゃ》な姿。

「……入っていいよ」

部屋に踏み込む勇気がないようにもじもじしているウーに、斎は声をかけた。それでもしばらく動けない様子だったが、ようやく頼りない足取りで部屋に入ってくる。扉を閉めて三歩ほど入ったところで立ち止まる。

「……めん、さ――い」

月明かりしか光源のない暗い部屋だったが、ウーの頬を伝う涙が斎には見えた。

「オレ、イツキを裏切った。タカバセイイチを、捕まえた。それに、昨日の晩も、オレのせいで――」

細い両腕が交互に頬を擦る。

「イ、イツキが、タカバセイイチのとこに帰るって言うから、それはオレ嫌で、イツキが帰らなきゃいいと思った。イツキは優しい。言ってくれた。『ウーはここにいるし、僕もここにいる。ウーはちゃんと、僕の横にいるだろう』って言ってくれた。オレ、だからずっとずっと横にいてほしくて……」

「……ウー」

「ごめん、なさい」

帰るべき国も帰りを待つ家族も持たない、黒社会に属するしかない子供。

身ひとつだけでこの世に存在し、他人から生かされるということを知らない。

死なないためには、どんな罪を犯しても、人を陥れてでも、自力で生きていくほかない。

そんな寄る辺ない必死な子供に……優しくされることに餓えきっている子供に、自分は安易に甘い言葉を与えた。それは、どれほど無責任で残酷なことだろう。

自分にとってウーはこの潜入捜査のあいだだけ親しくする相手にすぎなかったが、ウーにとっての自分はきっと違ったのだ。

池の縁でその会話をしたときにウーが見せた、泣くような笑うような顔がありありと思い出される。

与えられた甘い言葉にしがみついた子供を責めることなどできない。

責める権利など、自分にはない。

「ウーが謝ることはないよ」

斎は一言一言噛み締めるようにゆっくりと、しっかりした口調で伝えた。

「ウーは一生懸命生きようとしてる。ただ、それだけなんだから」

「……」

少年の細い身体がクシャッと紙屑みたいに小さく丸まった。床にしゃがみ込んで、嗚咽《おえつ》をあげる。

泣いている様子があまりに哀れで、こっちにおいで、と言ってやりたい衝動に駆られる。でも、その言葉は口蓋にこびりついて、かたちにはならなかった。

それもまた、無責任な甘い言葉のように思えたからだ。

——僕は、この子になにをしてあげられる？

黙って見ていることしかできない自分が、斎はたまらなく歯痒かった。

初めての月下美人の花が咲いた三日後、また花が咲いた。

斎の部屋に鷹羽が連れてこられて――今日の彼は斎と同じように中国風の夜着を着せられていた――また、ウーの首にナイフが突きつけられた。蒼は今日もその場には姿を現さなかった。どうやら彼はこの手の「悪趣味」に付き合う気はないらしい。

斎はまともに鷹羽の顔を見ることができなかった。

特に彼の目を見ることは決してできなくて、行為が始まっても、頑なに目を伏せていた。まるで儀式でもするように、初めてのときと同じ手順で行為は進んだ。同じように鷹羽の舌と自身の指で受け入れる場所をほぐし、鷹羽のペニスを口で潤した。

背後から挿入されて……曲がりなりにも二度目のせいだろうか。このあいだよりもは、少し楽に斎のそこは鷹羽を咥え込んだ。

鷹羽は時間をかけてじりじりと腰を進めた。鷹羽の腰が自分の臀部《でんぶ》に押し当てられたのを感じたとき、灼けるような羞恥を覚えた。

鷹羽が快楽の喘ぎを噛む気配に、胸が締めつけられる。

いたずらに零飛を愉しませたくないのは鷹羽も同じに違いなかった。

機械的な単調な動きでピストン運動が始まる。内臓を抉《えぐ》られ、乱される感覚に、鳥肌が立つ。

「……っ、ふ」

突き上げられると身体がピクンと跳ね、斎はくっと眉を顰めた。ずるりと侵入物が引き抜かれて、また突き上げられる。

「ぁっ……」

背筋がしなって、身体がまた跳ねる。

「亜南?」

気遣うように鷹羽が小声で呼びかけてくるのに、首を横に振ってなんでもないと伝える。

そうしながらも、手首を拘束されている両手で、きつくシーツを握り締めた。

……体内のある部分を擦られると身体のなかで小さな爆発が起こるのだ。斎は額に汗を浮かべながら、困惑していた。突かれるたびに、腰にどろりとした甘ったるさが嵩《かさ》んでいく。

自然にぎゅうっと内壁を締めてしまうせいで、鷹羽が喉で呻いてはリズムを崩す。

――……どうしよう……。

斎の勃起した性器の先からはいつの間にか、透明な蜜が滲んでいた。

後ろを犯されるだけで欲情してしまっている自分に愕然とする。

体位のお陰で鷹羽からも零飛からもそのありさまが見えないのがせめてもの救いだと思っていたのに、しかし。

「そのまま、こちらに身体を開くかたちで座位になりなさい」

零飛が狙いすましたように最悪の要求をしてくる。

斎は思わず涙ぐんだ眼で零飛を睨んだが、ウーの首筋に新たな傷が刻まれるのを見て、青褪める。

ウーは斎に負担をかけないためだろう。今日はひとつも悲鳴を漏らさない。

「鷹羽さん、身体を起こしてください」

「……亜南」

「僕は、大丈夫です」

繋がる角度がぐぅっと変わる痛みに、斎は唇を噛み締めた。

両手両足を拘束された不自由な身体で、なんとか上体を起こす。

脚に力が入らず、鷹羽の胡坐《あぐら》のうえに完全に座ってしまい、背をのけ反らせた。下から串刺しにされる感覚に、膝がみっともなく震えてしまう。

「脚を開いて、よく見せてください」

零飛の言葉に、わずかに腿を開く。

「亜南、おまえ……」

肩口から見てしまったのだろう。鷹羽が動揺した声で呟く。消えてしまいたいほど、恥ずかしい。

鷹羽の太くて長い性器に貫かれて、それだけの刺激で斎のものは膨らみ、軽く反ってしまっていた。赤みの強い先端は、興奮の蜜にいやらしく光っている。

「そんなに男とするのがいいですか？」

零飛が揶揄する声音で尋ねる。

「それとも、鷹羽征一とのセックスだから、そんなに感じているのですか？」

……その質問に、心臓がドクンと脈打った。

同時に、粘膜がきつく鷹羽にまとわりついて、ヒクつく。噴き出した汗に肌が潤む。爪先がシーツを蹴ってから、クッと丸まる。

——変だ……。

下半身が、項が、頬が、痺れるような熱さに膿む。

「鷹羽さん——早く」

耐え難い感覚に、斎は知らず知らずのうちに口走っていた。

「早く、なかに出してくださいっ」

「……っ」

まるでその言葉に反応したかのように、体内の鷹羽の器官が怒張を増した。

その滾った幹が、斎の妄《みだ》りがましく蠢動する粘膜を激しく乱しはじめる。体内のやわらかな壁のあちこちが突かれ、擦られ、歪められていく。

「あ、や、やだっ」

自分で促しておきながら、拒絶の言葉を斎は漏らして、身悶えた。

おかしな声を出してしまいそうで、自分の手の甲を思い切り噛む。

下から突き上げられていく。自制の糸が切れた動きで、鷹羽は斎を犯した。

「亜南……亜南……」

男の押し殺した低い声が耳朶《じだ》を痺れさせる。

名前を繰り返し呼ばれると、自分がこの身体で鷹羽に悦びを与えているのだということが実感された。昂ぶった内壁が狭まって震える。

「きつすぎだ。力を抜け」

動きづらそうに鷹羽が腰を振る。

「ぃ……あっ、ぁあっ！」

意識に深い霞がかかって、斎はあられもなく脚を開いた。

膝を震わせながら、鷹羽の胸にぐったり背を凭せかける。互いにほとんど脱げてしまっている夜着をまとわりつかせて、激しく揺れる。

鷹羽の動きのままに視界が上下に飛ぶ。

目を開けていると酔ってしまいそうで、斎はギュッと目を閉じた。鷹羽の頰に、汗に濡れたこめかみを摺《す》り寄せる。

身体のすべてで鷹羽征一を感じている。

肌に搦む月下美人の花の香り。卑猥なセックスの音。

それらが世界を満たしていた。


花の咲く夜は、鷹羽に抱かれた。

もう、四回、抱かれている。

そうして肌を重ねていながら、もうずっと鷹羽の目を見ていない。

あの猛禽類を思わせる瞳が自分に対してどんな色を浮かべているのか、それを知るのが怖くてたまらなかった。

そのあいだも、斎は零飛の通訳として、朝から晩まで忙しく連れまわされていた。あたかも自由な人間のように邸の外を闊歩《かっぽ》しながら、心は常に透明な鎖で邸に繋がれている。自分の不用意な言動で鷹羽に危害が及ぶのだという強迫観念が、きついヘルメットのように常に頭を締めつけていた。

すでに八月の一週目が終わろうとしている。

果たして、千翼帮《チェンイーバン》と荻嶋組との取り引きはいつなのか、零飛はいつ日本を発つ予定なのか。

見えないタイムリミットは刻一刻と迫っている。

そんな焦燥感のなか、待ちに待った荻嶋組組長宅への再訪がスケジュールに飛び込んできた。

刑事に話を聞かせるリスクを充分承知していてなお、零飛が自分を連れていくだろうことを斎はわかっていた。そして実際にそうだった。中野《なかの》の閑静な住宅街で車は停まり、斎はふたたび荻嶋の家の門をくぐった。

懐かしい日本家屋の匂いに包まれながら、斎は一切の邪念を切り棄てて、精神を統一する。どんな細かな会話の破片も聞き逃してはならない。見るもの聞くもの、シグナル、ニュアンス、すべてに意識を張り巡らせていなければならない。

自分と鷹羽の命を守るために。刑事としての職務のために。

並んで客間の座布団に腰を下ろしたとき、零飛と目が合った。

——お手並みを拝見させていただきましょう。

そう、漆黒の瞳は言っていた。ワクワクしているような愉悦の光を浮かべて。

零飛はゲームを愉しんでいる。

斎は必死でゲームに臨んでいる。

勝敗を分かつものは、運と能力の差だ。

今日は組長は不在で、現れた荻嶋栄希は相変わらずかっちりしたスーツ姿だった。

「どうも父のように気の利いた前置きをする能がないので、本題から入って構いませんか？」

零飛が軽く微笑を返す。栄希も唇に笑みを乗せると、如才《じょさい》ないビジネスマンといった手つきで机上の大判の封筒から、印刷された紙を取り出した。

「先日、蒼君から内訳のほうは伺いました。百五十で、確かに承りました。しかし結構な数ですから、不用意にばらまけば足がついて、ルートを犬に嗅ぎつけられてしまう」

「まぁ、最近の日本犬は少々鼻の調子が悪いようですが」

零飛がさらりと言うと、栄希は同意に口元を緩めた。

「一時は馬鹿みたいにワンワンうるさくてたまりませんでしたが、こちらがちょっと違う皮を被れば、とたんに手が出せなくなってオロオロする始末。おっしゃるとおりです」

暴対法施行直後、確かに暴力団はそれまでのみかじめ料徴収や管理売春といった凌ぎが思うようにできなくなって勢いを弱めた。しかしそれも束の間、たとえば栄希がそうしているように、一般企業を立ちあげて、そこで暴力団の威力を背景にした荒稼ぎをするようになると、警察は手の出しようがなくなってしまった。

荻嶋組のように組織として存続しているところもあるが、最近は組を偽装解体して完全に企業化するところも多い。また以前なら暴力団に吸収されただろうタイプの若者たちが、組織に属せず素人相手に無軌道な犯罪を犯すようになった。

要するに、暴力団に所属する人間は減ったものの犯罪に手を染める者が減ったかというと別問題というわけだ。

苦い思いを胸の内で押し潰して、斎は気持ちを整える。

――瑣末《さまつ》な感情なんて、いまはどうでもいいことだ。見るべきものをしっかり見るんだ。

一枚の紙が机のうえ、零飛のほうに向けて置かれる。

百五十という数の振り分けが、そこには記されていた。ずらずらと企業名が並んでいて、その横に数字が書かれている。

キサラギ食品という大企業の名が目に飛び込んできた。そこだけ六十という大きな数字が割り振られている。あとは名前も聞いたことのない企業ばかりだった。「飲食業」と括弧書きされた企業が多い。

――密輸するのは人間。密入国だ。ここにある企業は斡旋先で、無名の企業は風俗だとか、組の息のかかっている下部犯罪組織だな。

「いかがですか？」

「妥当でしょう。しかし、この六十は有利ですね。己を削ることで確実に、より多くの金を生み出すのですから」

零飛がキサラギ食品の欄を指で叩いた。

「ええ、それはそうなんですが、少し気になることがありまして、その六十は別のところにやることになるかもしれません」

「ここは、その道の老舗《しにせ》だったはずですが？」

「それが、ちょっと鼻のいい犬が嗅ぎまわってましてね――すでに上から圧力はかけてありますが、いまの時期の受け入れは微妙だという話が出ています」

「なるほど。それなら、こちらでも臨時の預かり所を当たっておきましょうか」

「うちのほうでも手は尽くしますが、いざ六十を散らすとなったら簡単ではありません。何件かお願いすることになるかもしれません」

「わかりました」

沈黙が落ちて、障子越しに聞こえる蟬《セミ》の鳴き声が部屋に満ちる。

斎は膝のうえに置いた拳を握り締めた。肝心なことを、まだ聞けていない。

――それで、いつ、どこでの取り引きだ？

百五十人もの密入国者を、どの港に何日に降ろすのか……けれども、さすがの零飛もそんな会話を聞かせてくれるほど親切ではなかった。

そして、沈黙のあと栄希が口にしたのは、まったく関係のないことだった。

「ところで、そちらの秘書の蒼君ですが、彼は礼儀正しくて、忠誠心も篤い。僕にとっては理想の秘書なんですすがね」

斎は失望しつつも、そういえば前回のときも栄希が蒼を褒めていたことを思い出す。

「ずいぶんと、うちの蒼を気に入ってくださっているようで」

零飛が静かに返す。

「それは、もう。手元に置きたくて仕方ないぐらいです」

斎はちらと横に視線をやった。零飛は口元に薄く笑みを浮かべている。

「蒼君からお聞きでないですか？　実は先日、彼が今回の商品の内訳を持ってひとりでこちらに来たとき、このまま日本に住む気はないかと口説いたんですよ。見事に振られてしまいましたが」

「そうですか」

荻嶋栄希は一重の目で零飛の表情を窺うように、じっと見詰める。そして少し低めた声で問いかけた。

「いかがでしょう。ずっと、とは申しませんが、一晩だけ蒼君を貸していただけませんか？」

とたんに、部屋の空気がビリッと震えるのを斎は感じた。

零飛の顔は薄っすらと笑みを浮かべたままだったが、明らかに彼は気分を害していた。栄希もそれを感じ取ったようで、両手を零飛に晒して、口元を引き攣らせた。

「いや、戯言です。忘れてください」

「……私は、別に構いませんが」

穏やかな声音だったが、斎は自分の腕にザーッと鳥肌が立つのを感じる。

「帰ってから蒼に伝えておきます。蒼がいいと言ったら、帰国までに一晩、お貸しいたしましょう」

零飛のところに来て一ヶ月弱、これほど彼を恐ろしいと感じたことはなかった。

——蒼のことだからだ……蒼は、零飛の急所ってことか。

栄希のほうは思わぬ地雷を踏んでしまったことにすっかり青褪めていた。痺れるような空気のまま、会談は終わった。

荻嶋宅を出れば、西に傾いてもなお人肌を焦がす陽が差している。

いつの間にかかいてしまった冷や汗がツ…と背を伝い落ちるのを、斎は顔を強張らせたまま感じていた。

＊＊＊

押しつけられるスプーンが唇に当たって、スープが胸元に零れる。

「熱っ」

とろみの強い液体が肌を伝う感触に、鷹羽は顔を歪めた。

ベッド横の椅子に腰掛けている少年は謝りもせずに、夜着から覗く鷹羽の胸板をナプキンでゴシゴシと乱暴に擦る。スープを飲ませるのが面倒くさくなったのか、少年は肉の入った包子《パオツ》を割ると、口に押しつけてきた。大切な栄養源を、鷹羽は口にする。

食べるほうも食べさせるほうも眉間に皺を立てているという、実に愉快でない夕食の光景だ。

「せめて食ってるときぐらい睨むのをやめないか。メシがまずくなる」

そうクレームをつけると、ウーは包子を皿に投げるように置いて、倍の力で睨んできた。

「……イッキは食欲もなくなってる。あんたはいっぱい食べてる。元気そうだ」

「俺が食うのが面白くないのか」

「面白くない」

「おまえ、俺のこと、嫌いだろ」

「大っ嫌いだ」

鷹羽は思わず眉間から力を抜いた。自分に都合がいいにしろ悪いにしろ、この手のストレートさは嫌いではない。

「俺が刑事だから嫌いなのか？」

首がちょっとだけ縦に振られる。

――まぁ、不法滞在してる奴が刑事を好きなわけないいな。

しかし首の振り方からして、それが決定的な理由ではないようだった。

「刑事が嫌いなら、亜南斎のことも嫌いなわけだ」

軽く鎌をかけてやると、ウーは大きな目で瞬きをした。スーッとその目元が赤くなる。視線を外して、ウーはぶつぶつと言った。

「イッキは嫌いじゃない。イッキは優しい」

――そういうことか。

鷹羽は微苦笑を浮かべた。ちらとこちらを見たウーは、その微苦笑を馬鹿にされたとでも取ったらしかった。

「あんたは大っ嫌いだっ！　イツキに酷いことする……やらしいことする」

十二歳の子供の前で四回もセックスをして見せた。ナイフで首を傷つけられる恐怖と、なまなましい行為への嫌悪は絡み合ってウーのなかにあるのだろう。

「オレ……オレだったら、大人になっても、イツキにあんな酷いことしない」

ウーは華奢な拳で自分のジーンズの膝を叩いた。

「もし、もしオレがもっと大人だったら、あんたより絶対にちゃんとイツキを守る！」

涙ぐんでギリギリと睨んでくる強い瞳。それは立派に、嫉妬している男の眼差しだった。

――亜南、おまえは結構な男ったらしだな。

「おまえが俺を嫌いだって言うんなら、まあ、俺のことはどうでもいい。だがな、このままいったら、イツキだって助からないぞ」

そのことを、おそらくウーも薄っすら感じ取ってはいたのだろう。顔を強張らせる。

「イツキは絶対に零飛に尻尾を振らない。ってことは、上海に連れていくのも厄介だ。かといって、日本に置いてくわけにもいかない。外国の日本人好きに売られてセックスの相手をさせられるか……最悪、俺と一緒に殺されるだろう。零飛が帰国するまでにな」

「………」

ウーの顔は真っ青になっていた。

これは決して過剰な脅しではなかった。妥当なラインの話だ。そして黒社会に身を置くウーにとっても、現実感のある予測だったに違いなかった。

「俺がどうなろうとおまえの知ったことじゃないだろうが、イツキは……イツキが大事なら、機会を見て、あいつだけは逃がせ。いいか。おまえだけがイツキを助けることができるんだ」

ついさっきまで敵視していたのが嘘のように、ウーは懸命な眼差しで鷹羽を凝視している。

……ウーはかならず斎を助けるアクションを取るだろう。そう信じることができる。

ずっと胸につかえていた重苦しい塊《かたまり》がひとつ下りた感じだった。

ここに監禁されて二週間がたつ。そろそろ東は痺れを切らしているだろう。とはいえ、この潜入捜査に噛んでいる他の面子《メンツ》がおいそれと動くことを許可しないのは明らかだ。斎か鷹羽が、今月行われる取り引きの情報という収穫を咥えて戻ってくるのをギリギリまで待つに違いない。

——俺が殺されるのと、助けが来るのと、奇跡の自力脱出を遂げるのと、どれが早いかな。

自分は、死ぬのかもしれない。

そうリアルに思ったとたん、

——もし死ぬなら、その前にもう一度ちゃんと亜南の顔を見たい。目を伏せないで、俺の目を見てる亜南の顔を、もう一度……。

その想いが込みあげてきて、激しく胸を焼いた。

5

ホテルのパーティ会場から出た斎はそのフロアにあるトイレで手を洗いながら、よく磨かれた鏡を見詰めた。

いくぶん痩せて、華奢な印象を増してしまった顔。目の下には薄く隈《くま》が浮いていた。

この頃、食が進まないし、よく眠れない——毎晩のように悪夢を見る。それは得てして、殺された鷹羽が夜の海に沈められる、というものだった。

妙にリアルな夢だ。

強い潮の香りがする真っ黒い海。朝にはまだ遠い夜風が、自分の頬や髪を叩いている。夏の夜のなまぬるさ。

鷹羽がどんなふうに殺されたのかはわからなかったが、港の倉庫裏、アスファルトに横たえられた身体はすでに死後硬直を起こしていて、いつもの猛々しいまでの躍動感は失われていた。完璧なボディと顔をした人形のようだ。

あの鋭い瞳はいまやすべての表情を奪われ、ただのガラス玉となって眼窩《がんか》に嵌まっている。

斎はしゃがみ込んで、鷹羽の瞳を覗き込む。覗き込んで、表現しがたい激痛を胸に覚える。

——もう、鷹羽さんの目が僕を見ることはない。

後悔。そう、これは後悔の感情だ。

たとえ侮蔑の色に染まっていたとしても、もう一度しっかりとこの目を覗き込みたかった。

この目が自分を映すところを見たかった。

「鷹羽さん……鷹羽さん」

もう手遅れだとわかっていながら、斎は鷹羽に呼びかける。

鷹羽の蠟《ろう》のような頬にぽつりと雨が落ちる。ぽつぽつと雨が降る。その雨が自分の涙だと気づくのに、しばらくかかった。

気づいてしまうと、涙は滝のように溢れてきた。

いつの間にか現れたふたりの男。

彼らは鷹羽の身体を宙に持ち上げた。斎が制止する暇もなかった。次の瞬間、鷹羽の身体はフッと視界から消える。重い水音。

斎は硬いざらざらした地面を這いずり、いまにも落ちそうなほど身を乗り出して海を覗き込む。

波間さえも不確かなほど、真っ黒い水。

鷹羽の姿は影もかたちもない。

「……っ」

――僕のことも殺してくれ……このまま、この海に捨ててくれ……。

熱に浮かされたように、祈るように、心の底から――いつもそこで、目が覚める。いっそ自分も殺されて終わる夢なら、少しは穏やかなのではないか。

救いのない、けれども現実に限りなく近い夢だ。

斎は鏡に映る青褪めた自分の顔から目をそむけて、廊下に出た。

会場のほうへ数歩歩いたときだった。

ふいに、横の壁のドアがバッと開いた。声をあげる間もなく、口を大きな掌で押さえつけられて、斎は非常階段に続くドアへと引きずり込まれた。

咄嗟に自分の口を押さえつけている男の腕を両手で摑んで、背負い投げをかけようとし……

相手が妙に無抵抗なことに気づく。

「おまえに二度も投げ飛ばされるのはゴメンだぜ」

斎は振り返り、見覚えのある顔に出会う。

「あ、東さん？」

「ようやっと、ランデブー成功」

かつて大学の寮で隣部屋だったことのある東啓太郎が、暑苦しい作りの顔をニッと綻ばせた。

東はあらゆるネットワークを駆使して、零飛が列席しそうな集まりをチェックし、捜査の合間を縫っては張り込んでいたのだと言う。実は三日前にも某企業のオフィスに零飛《リンフェイ》とともに入っていく斎を目撃したのだが、その時には声をかける機会を摑めなかったのだそうだ。

「上にはもちろん内緒の、独自判断自己責任行動。鷹羽さんも、耿《ガン》零飛のとこにいるんだろ?」

「ええ。僕と接触してるのがバレて」

「なるほどな」

東とは大学時代もすごく親しかったというわけではなかったが、それでも彼の姿を見、声を聞けて、斎は安堵のあまり膝から力が抜けてしまいそうだった。

それに、いま会うことができたのは非常に好都合でもあった。

ここ数日、入手した八月の取り引きの内訳が百五十人の人間であることをどうやって警察に伝えるか頭を悩ませていたのだ。携帯電話は取りあげられてしまっていた。

斎は東のがっしりした腕を強く握り締めた。やや小声で、早口に言う。

「東さん、よく聞いてください。千翼幇《チェンイーバン》と荻嶋組の嚙んでいる今月に行われる取り引きの件です。取り引きされるのは、密入国者百五十人。すでに身請けする風俗店、犯罪下部組織は決まってるようです。百五十人のうち六十人はキサラギ食品に割り振られていました……この線は潰れるかもしれませんが」

真剣な面持ちで耳を傾けていた東が、ふと太い眉を動かした。

「キサラギ食品？」

「どうやらこっちの身内が嗅ぎまわってて、受け入れが難しくなったという話で」

「……その身内は俺だ。俺と、鷹羽さん」

「え？」

「丘倉《おかくら》大学病院で秘密裡に臓器移植が行われてるってタレコミがあってさ。その移植された臓器のルートに荻嶋組が関わってるらしいってことで俺たちが調べてたんだが、そしたら丘倉大学病院とキサラギ食品に妙な癒着があることがわかってな」

「そのキサラギ食品は、これまでも大量の不法入国者を受け入れてる……」

ふと、荻嶋栄希と話していたときの零飛の言葉が思い出された。

――しかし、この六十は有利ですね。己を削ることで確実に、より多くの金を生み出すのですから。

「病院、食品メーカー、臓器売買、不法入国者、己を削って……」

「亜南？」

パーツが綺麗に嵌まる。

斎は強い眼差しで東を見上げた。

「キサラギ食品で不法就労している外国人たちが、臓器提供者です……きっと、食品工場のほうで勤めてる。彼らを調べてください。身体に臓器摘出の手術痕があるはずです」

東がハッとした顔をしてから、大きく頷く。

「そうか。臓器売買ルートとしてじゃなくて、まず不法就労のほうでしょっ引けばいいわけだな。そこから芋蔓《いもづる》式に臓器ルートを暴くのなら、上も口出しはできない」

なにか、初めて刑事らしいことができたように、斎は感じていた。興奮していて、胸のあたりが熱い。

時計を見れば、会場を離れてから十分近くがたとうとしていた。そろそろ戻らないと零飛に怪しまれる。

「そういうことで、東さん、あとはお願いします」

目礼して非常口のドアを開けようとした斎に、東がびっくりしたように飛びついてきた。

「まさかおまえ、戻るつもりか？」

「当然です。耿零飛の邸には鷹羽さんが監禁されてるんですから」

「鷹羽さんは、また別に助け出せばいい。内情がわかってきたいまなら動く許可が下りるかもしれない」

「それなら僕のことは鷹羽さんと一緒に救出してください。ここで僕が帰らなかったら、鷹羽さんの身に危害が及ぶかもしれない」

夢のなかの、潮の香りと胸が張り裂けそうな痛みが甦ってきていた。

ガラス玉の瞳をした、よくできた蠟人形のような鷹羽征一。

あの夢を、決して現実のものにしてはいけない。

——生きて取り残されるぐらいなら、鷹羽さんと一緒に死ぬ。

鷹羽と自分の関係を客観的に見たら、それは滑稽な決意かもしれなかった。

けれど、自然にその想いは湧いてきて、斎を支配していた。

「亜南！」

斎は、なんとか制止しようとする東の腕を両手で摑むと一気に捻じった。大きな身体が、リノリウムの床に転がる。

「東さん、すみません」

目上の者に対する非礼を詫びて、斎はドアを開けた。


一週間ほど、斎の部屋に置かれた月下美人の鉢植えは、花を咲かせなかった。

——今晩あたり、かな。

肉色の蕾の様子を見て、斎は予測する。

花が咲かなかったということは、鷹羽に抱かれなかったということだ。鷹羽と会わなかったということだ。

——今晩は、会える。

鷹羽が寝食をきちんと取れていることはウーがこっそり教えてくれていたが、この目で無事を確かめたい。

それに、初めて刑事らしい働きができたことを鷹羽に聞いてもらいたい気持ちもあった。まるでテストでいい点数を取った小学生が母親に早く見せたくてついつい学校からの帰り道、足早になってしまうような、そんな感じにも似ているかもしれない……実際の小学生のころの斎はあまり可愛げのない子供で、そういう浮かれた感情を体感した覚えはなかったのだけれども。

どうも、鷹羽に対してだけは素直に認めてほしいという感情が動くらしい。

——会えるときは他の人間がいるし、そもそも、いまの鷹羽さんと僕とじゃ、まともな会話をできるわけがないけど……。

この不自由すぎる現実がせつない。

人前でセックスさせられることはいまだに耐えがたいけれども、鷹羽と会える代償なら高くない。会えない日の重なりが、そう思わせるようになっていた。

無性に、生きて動いている鷹羽に会いたかった。

あの悪夢に追いつかれる前に、現実を摑みたい。

自分が見たいのは、ガラス玉の瞳ではない。たとえ軽蔑を宿していても鋭くて生き生きとした双眸なのだ。

夕方、邸に戻ってくると、月下美人の蕾は案の定綻んでいた。

そして十時を回るころには、鷹羽が部屋に連れてこられる。鷹羽がベッドに座らされ――けれども今晩は、いつもと少し違っていた。

斎は後ろ手に手首を鉄錠で拘束されているだけで、足の拘束は外された。鷹羽は左足に鉄輪を嵌められてベッドの脚に鎖で繋がれ、その他の拘束は解かれた。

「鷹羽。あなたの好きなように、彼を愛してあげなさい」

ウーを膝に乗せた零飛は、少年の喉元にナイフを当ててそう言ってから、母国語で珍しく立ち会っていた蒼《ツァン》に命じた。

『今日はこの部屋にいて、一緒に見ていなさい。命令です』

『……俺は悪趣味には付き合わない』

蒼は日本語で喋るときは丁寧な言葉遣いだが、母国語で零飛と話しているときはおおむね、ややぞんざいな物言いをする。ただ唯々諾々《いいだくだく》と零飛の言うことを聞く従者ではないらしいことに、斎は以前から気づいていた。

『ここで私の悪趣味に付き合うのと、一晩荻嶋栄希の元に行くのと、どちらがいいか選びなさい』

『……』

蒼の顔にサッと影が走る。彼は不快そうに眉を寄せて、壁際の椅子に腰を下ろした。

部屋がシンと静まり返る。

……鷹羽がこの部屋に訪れるまでは、今晩こそ彼の瞳を見ようと固く決心していた斎だったが、いざ鷹羽が姿を現すと、どうしても目を上げることができなかった。

——情けない。

自身の心の弱さに歯嚙みしたい気持ちだった。

身体を固めていると、鷹羽がふいに肩を摑んできた。いままでいつも鷹羽の手は拘束されていたから、ただ力強く触れられただけで、斎はビクッと身体を竦ませてしまう。そのまま、鷹羽が圧しかかってきた。押し倒される。

後頭部がベッドに沈むのと同時に、斎の首筋に鷹羽が顔を埋めてきた。

首にキスをされ、肌を吸われる。

ごく自然な動きで脚のあいだに鷹羽の膝が入ってくる。

「た、鷹羽、さん、ちょっと」

胸元の合わせから大きな手が這い込む。乳首を探し当てられ、皮膚の強《こわ》い親指の腹がくるくると潰すように粒を擦ってくる。

「……ぁっ」

——う、そ……こんな…鷹羽さん？

まるで普通に身体を求めてするセックスのようで——鷹羽の右手が慌ただしく斎の下腹に伸

びた。まくれた夜着の裾から指が侵入してくる。下着はつけていないから、じかに性器に触られた。

まだしんなりしている茎が熱い男の手指にくるまれる。

「やめて、くださいっ！」

カッと頭に血が上った。

いままでの四回の行為で一度も、自分でも触らず、鷹羽にも触れられなかった場所。そこがいま、くにゅくにゅと弄られている。

確かに零飛は好きなようにしろ、と言った。言ったけれども……。

指で転がされていた乳首が濡れた。鷹羽の髪が顎をくすぐる。芯の生まれた粒をカリカリと嚙まれてから痛いほど吸われた。硬くした舌先で舐めまわされ、弾かれる。

「っ――」

性器に与えられている手淫と相俟《あいま》って、セックス独特の甘ったるい昂揚感が噴き上がる。

「本当に、どうしたんですかっ、鷹羽さんっ」

愛撫から逃れようと身体を必死にくねらせる斎の胸元で、鷹羽が呟く。

「濡れてきたな」

亀頭の窪みで、雫をこそげ取る指の動きが執拗に繰り返される。痛みに似た熱が、そこから腰全体にどっと溢れる。

ざらりとした親指の刺激に負けて、新たな蜜がとろとろと漏れた。

直立した茎を伝い落ちたぬめりは丸く張った双玉を潤して、脚のあいだへと流れた。鷹羽の指が濡れたラインを、爪を食い込ませながら辿っていく。性器を引っ掻かれるチリチリする痛みが快楽に練り込まれる。

「んんっ！」

やや乱暴な仕草、指先で後孔を捏ねくりまわされた。

襞を乱すようにめくられる。そのまま、指が潤いの足りない肉のなかに捻じ込まれる。妙にリアルに感じる、鷹羽の節の張った太い指。

それは抗う内壁の蠢動を無視して、ずぶりと付け根まで挿入された。内側からガクガクと身体を揺さぶられる。

肉食の巨大な鳥に爪をかけられて振りまわされる動物にでもなった気がして、斎は恐怖を覚えた。

圧倒されて、抵抗もままならず、相手の欲望を満たす生贄《いけにえ》にされようとしている。

……それほどの飢えたような強い性衝動を、鷹羽から感じていた。

――これが、鷹羽さんのセックスなんだ…。

鳶色の頭が、胸から下腹へと下りていく。腰紐は辛うじて結んであるものの、用を足さないほど前の合わせは乱れて開いてしまっていた。

剝き出しのペニスに男の唇が寄せられるのに、愕然とする。

「嫌です、鷹羽さんっ……」

無理に腰を捩ろうとすると、体内の指がぐうっと粘膜に突き刺さって痛みを生む。

「や——あっ」

茎をぬるっと舐められて、斎は喉を反らせた。

味わうように根元から先端まで舐め尽くされ、それからすっぽりと口に含まれる。

深い口腔のなかで、熱く湿った粘膜に性器を揉まれる。それは愛撫というよりは貪り喰うような激しさだった。過敏な器官にくわえられる容赦のない刺激に、斎の身体はベッドを揺らしてのたうちつづけた。

唾液と先走りとが混じって茎を流れ、しとどに脚のあいだを潤していく。太い三本の指を内臓に呑まされる。

高い声が、唇から溢れた。

それはたぶん、誰の耳にも明らかな快楽の音階だった……そして、斎自身、初めてあげる種類の嬌声《きょうせい》だった。

射精直前で、下半身からの刺激が去る。いきり勃ったペニスが極限での放置に震えている。指がずるっと抜かれて、かすかに開いてしまった蕾が忙しなくヒクつく。

腿の裏に掌が押し当てられ、大きく拡げられた。腰が浮いてしまい、鷹羽へとあられもなく秘部を晒す。乱され濡れた窄まりに、男の怒張した性器が寄せられた。

「っ——待っ……や、だっ」

そこに張り詰めた先端を押しつけられた瞬間、斎は腰を振って逃げようとした。

——いま、挿れられたら……っ！

斎は哀願含みの目で鷹羽を見上げた。

ひどく攻撃的な、そして潤んだ鳶色の瞳が、まっすぐに自分を射てきた。

粘膜の口が鷹羽の雄に抉じ開けられる。

瞬きもできず、斎は自分に侵入してくる男を見詰めていた。

そこにあるのはガラス玉の瞳ではない。蠟のような肌ではない。

生気の漲《みなぎ》る瞳。汗の浮かぶ、張り詰めた肌。

「……亜南」

——だめ……だめだ、もう……。

斎はクッと目を細めた。

「……ぁ——あっ、ん、んっ……！」

亀頭だけ挿れられた時点で、斎の体内の波は限界に達した。

身体を強張らせて、開いた唇を戦慄かせる。

ドクンと、熱の塊が下腹の茎を突き抜けた。頰に、首筋に、腹に、どろりとした熱い粘液が散る。窒息しそうになりながら、胸を大きく上下させて、必死に呼吸する。

鷹羽は瞬きもせずに、斎の達するときの顔を見詰めつづけていた。

と、強い手が腰を摑んできた。極まってビクビクと跳ねている粘膜に、ほとんど無理やり、滾った長い器官が押し進められる。斎は力の入らない脚でもがいた。

ギャラリーがいることすら、いまの斎にはどうでもよかった……というよりも、そんなものを意識している余裕すらなかった。

喘ぎ声を漏らしながら、鷹羽に喰われるように犯されていく。

身体の奥底でとぐろを巻いている、恐ろしいほどの快楽。

そして――不安。

「鷹、羽さん、どうし……て？」

根元まで繫いで抱き締めてくる鷹羽の耳へと、斎は弱々しい声で尋ねた。

なにかに追い詰められているかのように忙しなく腰を動かす鷹羽に、斎は言い知れぬ不安を感じていた。

「亜南……」

骨が軋むほど抱き締められる。

あの鷹羽が死んでしまう夢のときに感じたのと同じ、胸が張り裂けそうな苦しさに、涙が溢れてきた。

この行為には、死の匂いがする。

鷹羽が死を覚悟しているのを感じる。

重なっていた胸が離れた。斎の髪に強い指が這い込む。

低い囁きに、斎は瞬きで涙を払って、鷹羽を見上げた。甘さと苦しさを含んだ彫りの深い顔が、涙の膜に不安定に霞む。

「俺を、見てくれ」

瞳を覗き込んだまま、鷹羽が腰を大きく動かした。

斎の身体は狩られ、追い詰められていく。

切羽詰まって、体内の鷹羽をきつく締めつける……このまま、ずっと鷹羽を体内に取り込んでいたいと、そんなことを願っていた。

——この人のことが、すごく大切だ。失いたくない。

憧れの範疇を大きく逸脱してしまった、心と身体。

人にこれほど強烈な想いを向けたのは、生まれて初めてのことだった。

たぶん、恋とか愛とか、そういう名前を与えるのが正しい。

鷹羽が斎を壊す勢いで腰を突き上げてきた。射精が始まり、突かれるごと体内に重い熱液が流れ込んでくる。

欲望を満たして光る瞳が、視界に満ちた。

唇がほんの軽く触れ合って、離れた。

鷹羽征一への、恋愛のような想い。

それは朝になって落ち着いても変わることなく胸にあった。

……自分が同性を好きになる資質を持ち合わせているとは知らなかった。いままで同性に劣情だとか恋心だとかを向けられたことはあったが、彼らに対して気持ちが動いたことは一度もなくて、それを当然と思ってきた。

だから鷹羽のことを考えると、なにか非現実的なような、頭がぼんやり痺れているような、奇妙な感覚に陥る。

——鷹羽さんには、迷惑な話だろうけど。

鷹羽にしてみれば、ちょっと目をかけて潜入捜査を任せてみた新米刑事がヘマをして、そのお陰で自身まで監禁され……男同士のセックスを強要されたのだ。

それだけでも迷惑千万もいいところなのに、この命の危機に面しているときに愛も恋もないだろう。こういう腹を据えなければならないときに情動を持ち込むのは、鷹羽の最も嫌がりそうなことだった。

だからもちろん、鷹羽に自分の想いを伝えようなどとは微塵も思っていない。もしここをなんとか脱出できて日常に帰れたとしても、伝えるつもりはない。

斎は大学時代、ゼミ仲間から本気と判断できる愛情の告白をされたことがある。断ったあと、その相手と組んで課題をしなければならなくなって、とてもやりにくかった。ただでさえ鷹羽とは身体の関係を持ってしまって、この気まずさが消えるのにどれだけ時間がかかるかわからないのだ。これ以上のやりにくさを鷹羽に抱かせたくなかった。

鷹羽の傍に行きたいと思っている。

少しでも鷹羽のような刑事になりたい。鷹羽と一緒に仕事をするのが最大の夢だ。それが、ずっと自分が思い描き、望んできたことだ。

だからそのために、自分は決して気持ちを伝えない。

それは苦しいことなのかもしれないけれども、得意のポーカーフェイスできっとうまくやり通せるだろう。

……それにいまは、そんな未来のことよりも、考えなければならないことがあるのだ。斎は胸を軋ませる寂しいような感覚を遮断した。

——とにかく、鷹羽さんをここから逃がす方法を考えるのが最優先事項だ。

外に出してもらえる自分とは違って、鷹羽に自力脱出の道はないに等しい。手足を拘束されたうえで、外から鍵のかかる部屋に閉じ込められているのだ。その監禁部屋の鍵は、食事を運ぶウーが持っている。

ウーはどうも鷹羽のことを嫌っているようだったが、どうにかして協力してもらわなければならない。

ウーをこちらに引きずり込むのは、黒社会という彼のたったひとつの居場所をも奪うことを意味する。でも、その居場所はウーを犯罪者に育てあげていく働きしかしないだろう。それならば……。

——ウーを、連れていこう。

まだ十二歳なのだ。もっともっとまともな未来を望めるはずだ。そのためになら、無理な尽力でもしようと思う。

いつものように七時半ちょうどに、ウーが朝食を載せたトレイを持って現れた。

彼の目の縁は泣き腫らしたように赤くなっている。それに、なにか斎の顔を見るのが怖いみたいに、ずっと目を伏せている。

「ウー?」

下から覗き込むようにすると、少年は赤面した。

昨晩のセックスは、いままでのものとはまた違う意味でなまなましかったから、ウーは嫌悪感を覚えたのかもしれない。よがる姿をこんな子供に見せてしまったのかと思うと、胃が捻じれるように痛んだ。

ベッド横の椅子に座って斎が食べやすい大きさにパンを千切っていたウーはしかし、考え込むように、いつしか手の動きを止めていた。長い沈黙ののち、おずおずと視線を上げる。

「……あさって……」

「うん？」

ほんの小さな声は聞き取りにくくて、斎は身体をウーのほうに寄せた。

ウーは中腰になって、斎の耳に唇を近づけて、言った。

「あさっての朝早く、取り引きがある。零飛はそのすぐあと、上海に帰る」

斎は大きく目を見開いた。

まさか、そんな近くにタイムリミットが迫っているとは考えていなかった。背筋が凍りつく。

ウーは斎の耳元で囁きつづけた。

「オレ、イツキを逃がすから、安心して」

心臓がゴトゴトと音をたてていた。

耳から口を離してニコと笑いかけてきたウーに、斎は咄嗟に嘆願した。

「ウー、鷹羽さんを……鷹羽さんを、助けてほしいんだ」

少年の笑みが強張った。眉が顰められる。そして、呟いた。

「……イツキは、タカバセイイチのことばっかりだ」

「ばっかりって」

「そうだろ。イツキはタカバのところに帰るって言った……だから、タカバを連れてきたら帰らなくていいってオレは思った。でも同じ邸にいるのに、イツキはいつもいつもタカバのことばっかり聞きたがる。タカバの心配ばっかりしてる」

ウーはすごく悲しそうな顔をしていた。捨てられた子供の顔だ。

斎は子鹿のような彼の目をじっと覗き込んだ。そして、告げる。

「ウーも僕と一緒に行くんだ」

「え？」

「どうやったらウーが帰れる場所を作れるのか、一緒に考えよう」

「……」

ウーは穴が開くほど、斎を見詰めてきた。

それから、夢のなかにいるかのような瞬きを何度かする。

「イツキ……ホントに？」

ようやっと意味を呑み込むと、今度はぶつかるように抱きついてきた。華奢で温かい身体が押しつけられる。斎は小さなつるりとした耳へと囁いた。

「ウー、三人で、ここから逃げよう」

三人で——鷹羽も一緒に、三人で。

数秒の沈黙のあと、ウーは答えてくれた。

「タカバのことも、オレ、ちゃんと逃がすから」

＊　＊　＊

また、見たことのない斎の瞳の色を見た。

自分の欲情を受け止めてくれたときの、あの目。深い情を湛えた色合いに呑み込まれた。

いつもの凪いだ水面のような瞳の奥に、いったい他にどんな表情を隠し持っているのだろう。

——……この手でもっと暴いてやりたい。

少し残酷な気持ちで、そう思う。

それはいままで誰にも覚えたことのない類の、強い衝動だった。

亜南斎に、ひどく心惹かれている。

……これまで、鷹羽は自分の結婚願望が薄いのは、育った環境のせいだと考えていた。

鷹羽の父もまた刑事で、花形といわれる警視庁捜査一課に所属していた。しかしその何週間も帰宅しないこともままある多忙ぶりに、母は耐えきれなくなり、ひとり息子の鷹羽を連れて実家に戻った。母が離婚届けを送ると、父は話し合いの席も設けずにそれに署名捺印をして送り返してきた。鷹羽が小学六年生のときのことだった。

母親は再婚はまったく考えず、子供の面倒を祖父母に頼んで仕事に励んだ。鷹羽は子供心に帰らない夫の身を案じてイライラする母親より、そうやってしっかり自分の足で立とうとする母親のほうが、生き生きしていて綺麗だと思ったものだ。

鷹羽が高校に上がった年、父は殉職した。

国立大学を卒業した鷹羽が警察官になると告げたとき、母親は全身の力が抜けてしまったような顔をした。泣きそうに眉尻を下げて、でも彼女はちょっとだけ微笑んで言った。

「征一はお父さんにそっくりだもの。いい刑事になるわね、きっと」

……きっと自分は、家庭を大切にできないところも父親にそっくりになるのだろうなと思った。

別にだからといって、絶対に結婚しないと決めたわけでもなかったが、ずっと近くにいてほしいと思うほど心惹かれる女性にも出会わなかった。

そして去年、母親が病で他界した。

人より少し早く、天涯孤独の身になった。でもそれをせつながる暇もなく、日は流れた。

たぶん、刑事は自分の天職なのだろう。家族だとか愛する人間だとかがいなくても、自分は仕事に生きがいを感じてやっていけるのだろうと思った。そうやって憧れの刑事に――父親に一歩でも近づくことができればいいと思っていた。

……しかし、死を背中に感じるいま、触れるものを猛烈に求めている自分がいる。

昨晩、激しく斎を求めてしまった。まるで、二度と会えない恋人を抱くような気持ちで、斎を抱いた。

斎の瞳に呑み込まれて、気づいたら唇を重ねてしまっていた。

一度の放出ではやめられなくて、そのままもう一度、斎を求めた。少し痩せてしまっていて疲れている様子だった斎は、鷹羽が二度目の絶頂を迎えるころには意識を失っていたけれども……。

斎のさまざまに色を変える瞳を思いながら、鷹羽は明け方近く、神経を昂ぶらせたまま浅い眠りについた。


鍵が開けられる音に目を開くと、ウーが朝の食事を持ってきたところだった。

ベッドのうえに投げるようにトレイが置かれる。その直後、少年の小さく、けれども固く握られた拳がまだ横になったままの鷹羽の頰に飛んできた。加減のない力だった。

「あさって、零飛が帰る。ぜんぶ、終わる」

死神の使いのような笑みを浮かべながら、ウーは宣告した。

鷹羽は静かに確認した。

「それまでに、イツキのことは逃がしてくれるな？」

「当たり前だ。イツキはオレが守る」

「それならいい」

ウーがふっくらとした口元を引き攣らせた。

「イッキは助けるけど、あんたのことは助けない」

「わかってる」

「……」

黒社会の大人たちがやるのだろう凶悪な半眼で、ウーは鷹羽を見下ろす。

「あんたは、もう二度と、イツキには会えない。もう二度と、イツキを汚せない」

昨晩見せつけられた行為が脳裏を過ったのか、なめらかな頬が赤くなる。

少年の目の縁が腫れているのに気づき——昨夜のことを鷹羽は思い出す。

二度目の行為が終わって気を失ってしまった斎を抱き締めていると、嗚咽《おえつ》が聞こえてきた。見れば、泣いているのはウーだった。零飛の膝のうえで真っ赤な顔をして泣きじゃくっている。ウーは両手で自身のジーンズの前をきつく押さえていて……それで、わかった。愛撫されて乱れる斎を見て、射精してしまったのだ。

大事な人を汚す行為を、自分自身も求めているという事実。男なら当然の欲望だけれども、それはウーには受け入れがたかったに違いない。

そして、斎にあんないやらしい声をあげさせる鷹羽への憎しみを増幅させたのだろう。

ウーは立ったまま、パンの塊を鷹羽の口に押しつけてきた。鷹羽はそれを嚙み切る。

「あんたの代わりに、オレがイツキの帰る場所になる」

夢見るような口調だ。

「イツキはオレの横に、ずっといる。オレはずっと、イツキの横にいる」

そして、ニィと目を細めた。

「だから、タカバのいる場所は、ない」

6

斎はその日は通訳の仕事で連れ歩かれることもなく、部屋で拘束されたまま夜を迎えた。

夕食時になって蒼《ツァン》が現われ、拘束具を外された。シャツとスラックスを着せられて、ダイニングに連れていかれる。

零飛《リンフェイ》は黒い長袍《チャンパオ》に身を包み、すでに着座していた。斎が蒼の勧める椅子に座ったとたん、

「昨日のショーは最高でした。蒼も興奮したようで、あのあと朝まで私を愉しませてくれたんですよ」

そんなことを言ってきた。

蒼の顔がサッと赤くなる。彼は斎と目が合うと、慌てて視線を逸らした。冷たげにも見えるが、蒼は意外に純情な反応を見せる。ふてぶてしさに欠けるというか、晩生《おくて》らしいところが垣間見える。

おそらく根っからの黒社会の人間ではないのだろう。

それどころかむしろ、かなりまともな部類の人間なのではないかと、斎は見ている。

そんな彼がどうして零飛に寄り添い従っているのか不思議だった。

「君たちのお陰で、実に愉しい日本滞在になりました。もうすぐお別れしなければならないのが、残念で仕方ありません」

どうやら、ウーの言った「あさって」のタイムリミットに間違いはなさそうだった。

背筋が痺れるような緊迫感が湧きあがってくる。

「明日は慌ただしそうなので、今夜、こうして名残を惜しむ席を用意させていただいたというわけです」

口のなかが急速に渇いていく。

「……それなら、鷹羽さんも、ここに？」

尋ねる自分の声はガサガサしていた。

「できれば揃って最後の晩餐といきたいところでしたが、彼は少々獰猛すぎます。野蛮な猛禽の放してある部屋では落ち着いて食事をできないでしょう？」

——もしかすると……。

ウーは、確かに鷹羽を助けると約束してくれた。でも、それがうまくいくとは限らない。

——もしかすると、もう二度と、鷹羽さんに会えないのかもしれない。

どちらかが死ぬか、あるいは共に死ぬか、その可能性は決して低くない。そう思ったとたん、激しい焦燥感に駆られた。

晩餐が始まり、まず紅花《ベニハナ》をあしらった冷菜の盛り合わせがテーブルに運ばれた。それから、ふかひれのスープ、車海老と百合根《ゆりね》の妙め物に鮑《あわび》のステーキ、牛肉と蓮根《レンコン》の蓮の葉包み蒸し、枸杞《クコ》の実入りの粥と進んだが、斎は一応料理を口に運ぶものの、舌がまるで痺れているかのように、なんの味も感じなかった。

斎は一時間にも及ぶ食事中、一言も言葉を発しなかった。発することができなかった。

零飛と蒼は中国語で、上海に帰ってからのスケジュールを話し合っていた。そうしながら、零飛は紙のように白い顔をしている斎を面白いものを見る目で眺める。蒼のほうは痛ましいものを見る眼差しをときおり投げかけてきた。

食事が終わり、ひどく興が乗っている様子で、零飛は使用人に二胡《にこ》を持ってこさせた。

「私を充分に愉しませてくれたお礼に、最後に一曲、プレゼントさせてください」

零飛は椅子を大きく後ろに引いて座り直すと、ふたつの弦のあいだに弓を通した。膝に瀟《しょう》洒《しゃ》な楽器を載せて、左手の指で弦を押さえる。ゆるりとなめらかに、弓が動きだす。

斎の強張りきった心と身体に、その一音はすーっと滑り込んできた。

続いて、漣《さざなみ》のように弾き出される音の連なり。

それは初めて聴く曲だったが、まるで子供のころ唄い慣れた童謡ででもあるかのように、せつない懐かしさの波紋を斎のなかに拡げた。

その音色と旋律、綺麗に背を立てた姿勢で長袍姿の零飛が楽器を奏でるさまに、不覚にも引き込まれてしまっていた。

弦を押さえる指先の動きひとつすら、泣きたくなるほど、美しい。

人の命を奪うことを厭わないような人間に、自分の心のやわらかい部分を震わされていた。

それともあるいは、こんなに人の心に沁みる演奏ができるということは、意外に人間みのある部分も持ち合わせているということなのだろうか？

泣きたい気持ちが、弓の動きごとに昂められていく。

「……鷹羽さんに、会わせてもらえませんか？」

最後の音が空中に溶けて消えたとき、斎はたまらず、哀願する口調で請うた。

零飛は弾き終った二胡を軽く抱いて、斎を見返してきた。それからまるで演奏の続きのような低く心地のいい声音で言った。

「鷹羽を先に殺します。そうして死体になった彼に、望みどおり会わせてあげましょう」

言葉は斎の体内に滑り込んできて、一気に心臓を鷲摑みにした。

「斎。私はその時の君を見たい。君が魂の千切れるような苦痛を味わう姿を、見てみたい」

心臓をグチャグチャに握り潰される痛み。

「言ったでしょう。私はずっと、君に本物の苦痛を与える方法を考えていると」

夢に、追いつかれる。

「昨晩、確信しました。鷹羽に愛されて、君は本当に嬉しそうでしたからね。まるで愛人に抱かれる小姐《シャオジェ》のようでした」

倉庫の立ち並ぶ埠頭のアスファルトに横たわる、蠟人形のような鷹羽。

そのガラス玉の目を覗き込む。

自分の存在がひしゃげるような痛みに胸を裂かれて——鷹羽は真っ黒い夜の海へと沈められる。

「愛する人を失う苦痛を、君に味わわせてあげましょう」


『鷹羽を先に殺します。そうして死体になった彼に、望みどおり会わせてあげましょう』

部屋に戻されても耳の奥で延々と繰り返されている、二胡の旋律と、おぞましい宣告。

零飛が鷹羽の殺害を予定しているのは、今晩なのだろうか、それとも明日なのだろうか。

いまにも鷹羽が処刑されるのではないかという恐怖に苛まれている。回廊を歩く足音にいちいち全神経を集中する。

——ウー、助けてくれ……お願いだから、鷹羽さんだけでも逃がしてくれ！

もう何時間も、必死に念じつづけている。

零飛の宣告を聞いた直後、斎はダイニングを飛び出して、鷹羽を捜しにいこうとした。回廊ですぐに蒼に追いつかれて後ろ手に拘束されたが、鷹羽の名前を叫んだ。自分の声がわずかでも聞こえてくれればと願った。そして異変を察して、どうとしてでも逃げてくれたらと切望した。

この部屋に連れ戻された斎は、監禁当初と同じように猿轡を嚙まされて、手と足の革製の拘束具を鎖で繫がれた。身体を弓なりに反らせる苦しい姿勢でベッドに転がされている。

一時間後に、鷹羽と自分が生きている保証はない。

その一時間が不安定に積み重ねられていく、気が狂いそうな長い長い夜。

明け方になって、幾度か意識が薄らいだ。そして、短い夢を見た。埠頭《ふとう》で鷹羽の死体を見ている夢だ。ほんの数分、数秒の意識の中断に、映像は貪欲に割り込んでくる。

次第に、ここに横たわっている自分と夜の埠頭にいる自分、どちらが本物の自分なのかわからなくなってくる。

埠頭の出来事が、確定された未来のように感じられてくる。

逃げることなど、不可能なのではないか。

ウーは自分たちを助けてはくれないのではないか……実際、陽が昇ってから斎に朝食を運んできたのは、違う使用人だった。これまでも何度かウーでない人間が食事を運んできたことはあったが、このギリギリのときにウーが現れないことに、斎の神経は焼き切れそうなほど昂ぶった。

——今晩、殺すつもりだろう。たぶん、取り引きの直前に。

東啓太郎に、近いうちに百五十人という大規模な密入国があることは伝えてある。警視庁は近隣の県警と連携して、港周辺に注意を払っているに違いない。その目を逸らすのに、刑事ふたりの死体は効果的に違いなかった。

鷹羽と斎の死体が出たことに浮き足立つ警察を尻目に、密入国は行われるのだろう。

自分たちの死すら利用されるのだろうことが、叫びたいほど口惜しかった。

強い夏の光が飾り格子の窓から落ちてくる。それは次第に朱色に染まり、藍色を帯びていく。短い悪夢と処刑を待つ現実を行き来して過ごした一日、疲弊した心臓がゴトゴトと音をたてている。

——鷹羽、さん……。

彼はまだ無事だろうか。それとも……それとも。

窓は藍から黒に、ゆっくりと塗り替えられていった。完全に、部屋に闇が落ちる。

いままで暗闇を怖いと思ったことはなかった。

けれどもいま、パニックを起こしそうなほど心音は乱れて昂まり、喉の奥に爆発寸前の塊がある。斎はベッドを軋ませながらもがいた。無性に呼吸が苦しい。肺の奥まで酸素が入ってこない。身体が震えて……。

このまま、悪夢が現実に摩り替わってしまうのではないかという恐怖に完全に呑み込まれそうになったときだった。

突然、部屋のドアが開いた。

処刑人がやってきたのかと、恐怖に心臓が引き攣る。足音が近づいてくる。猿轡が外されて、斎は鋭く空気を吸い込んだ。そのまま噎《む》せる。拘束具が外されて、背中が小ぶりな手にさすられる。

「イツキ、イツキ、ごめん」

ウーが小声で囁きかけてくる。

「オレ、昨日の夜に、ここの仕事はもういいって違うとこに行かされて、戻ってくるのに時間かかった」

斎はまだ喉をゼエゼエいわせながら、少年の肘をぐっと掴んだ。

「……は？」

「え、なに？」

「鷹羽さん、は……っ」

涙で曇る視界、ウーがニコリと笑った。

「大丈夫だよ。タカバは先に逃がした」

喉の塊が、ウーの笑顔と答えに、すぅっと溶けるのを感じる。

鷹羽は無事だ。

あの夢が現実になることはない。

――もう一度、ちゃんと鷹羽さんに会えるんだ……。

暗いなかにいるのに、パーッと視界が開けるような感覚。心と身体に生気が甦ってくる。

「ウー、ありがとう……ありがとう」

ウーは約束を守ってくれたのだ。

鷹羽のことも、ちゃんと助けてくれた。

靴に足を突っ込み、斎は立ち上がった。拘束されていた身体があちこちでキシキシと音をたてる。軽くよろめくと、ウーがそっと寄り添って、身体を支えてくれた。

「もうあんまりここには人が残ってないけど、門のとこには見張りがいる。正面玄関はふたり、裏はひとり。裏から出よう」

子鹿のような瞳が見上げてくる。

「オレがちゃんと斎のことを逃がすから……守るから」

斎は微笑を返して、ウーとともに部屋から回廊へと出た。回廊に吊るされた灯籠は点されているが、見渡す限り明かりの点いている部屋はない。

中庭の池、蓮の花がシンと凪いだ水面に浮かんでいるのを尻目に回廊を走り、建物を通り抜けて、裏の駐車スペースへと出る。門のところにはウーの言っていたとおり、ひとりだけ見張りが立っていた。

広い駐車場にぽつんと置かれているワゴン車の陰へと走り込んで、姿を隠す。

「あんな見張りのひとりぐらい、オレが始末する」

ウーがそう言いながら、軽く宙で手を振った。パチンという音とともに、子供の手にバタフライナイフが握られる。なめらかな刃先が、きらりと光った。摑み心地を試す、慣れた手つき。ウーの顔に一瞬獰猛な表情が浮かぶ。

斎はゾッとして、ウーの手首をきつく摑んだ。

「こんなものを使う必要はない。ウーがあの見張りに話しかけて気を逸らしてくれたら、僕が後ろから首を締めあげて失神させる」

「斎はなにもしなくていい。オレ、これを使うのうまいんだから」

ちょっと自慢げに言う少年に、

「無闇に人の血を流すものじゃない。これは僕が預かっておく」

小声で厳しく言い聞かせ、斎はバタフライナイフを取りあげると、刃を収めて自分のスラックスの腰ポケットにしまった。

「……じゃあ、オレがあいつに話しかければいいんだ？」

ウーは不服げな表情をしたが、そう確認してきた。

斎が頷くと、踵《きびす》を返し、いかにも子供っぽい軽い足取りで裏門へと歩きはじめる。

──なにか……、なんだろう？

心のなかで、むずりと動くものがあった。この落ち着かない感覚はなんなのか。

見張りに接触したウーはニコニコしながら話しかけている。

いままで抱いていたウーのイメージに、わけのわからない色が加えられていた。まるで水に落とした数滴の墨汁のように、ゆるりと漂い、あっという間に全体の色を変えていく。

疑惑が、むくむくと湧きあがってくる。

表門にも裏門にも見張りがいると言う。

——だったら、先に逃げた鷹羽さんは、どこから外に出たんだ?

巧みな誘導で、ウーは見張りの身体の角度を変えさせる。見張りが斎に背中を晒す。

斎は足音を忍ばせて間合いを詰めると、一気に駆け寄って、男の首に背後からグイと腕を巻きつけた。男は腕を剝がそうともがいたが、ウーに足を払われてバランスを崩す。ほどなくして失神した男の身体を、斎は地面に横たえた。

ウーは門に飛びつくと、背の高いそれを大きく開いた。トンと、軽い足取りで敷地から外に出て、くるりとこちらを振り返る。

はにかむような、嬉しそうな子供の笑顔。

半袖のTシャツから伸びた細い腕が宙に上げられ、斎に手招きをする。

「一緒に、行こう」

斎は門の内側に立ったまま、少年を凝視していた。

ウーの笑顔に、いままで気づかなかった影を見る。黒い影だ。

乾いた唇を、斎は開いた。

「ウー。鷹羽さんは、どこだ？」

無邪気な様子でウーは瞬きをし、小首を傾げる。

「どこって、だからタカバは先に逃げた」

「鷹羽さんが、ひとりで逃げるわけがない」

「……」

キラキラしていた瞳が、ふいに光沢を失った。

「イツキ、オレを疑ってるのか？」

悲しげに歪められる眉すら、計算し尽くされたもののように感じる。

「……鷹羽さんは、まだ邸のなかにいるのか？」

「違う。いない。タカバは本当に、先に逃げたんだ！　だから、行こう、イツキ」

ウーが伸ばしてくる手から遠ざかるように、斎は数歩後ろに下がった。

「それじゃあ、教えてくれ。鷹羽さんはいったいどこから外に逃げたんだ？　表門からか？　この裏門からか？」

「……」

ウーがぐっと答えに詰まる。

いまや疑惑は確信へと塗り替えられていた。

斎は踵を返すと、駐車場を走りだした。ウーが自分の名前を連呼するのを背中に聞きながら、一度も振り返らずに、ドアを開けて建物のなかへと入る。中庭を囲む回廊へと抜ける。

「鷹羽さん！」

邸内に留まっている者や表門の見張りたちに見つかるのを覚悟で、斎は声を張りあげた。

スラックスの腰を探ってウーから取りあげたバタフライナイフを右手に持ち、回廊を走りはじめる。

重い熱気に沈む夏の夜、白い蓮の浮かぶ池に落ちる石橋の影。天へと鋭く反る屋根の向こうには、ほのかに青みがかった月が浮かんでいる。幻想的なまでに美しい空間を、鷹羽の名前を呼びながら駆け抜けていく。

等間隔に吊るされている頭上の灯籠が、進んでいるのに進んでいないような錯覚を引き起こす……この空間に捕まってしまう。

「鷹羽さん……鷹羽さん、どこにいるんですかっ！」

押し寄せてくる焦燥感と恐怖に、斎は怒鳴った。

と、どこからか、ドン…と音が聞こえた気がした。

斎は前のめりになりながら立ち止まって、耳を澄ました。

また、聞こえる。自分の足音で音を掻き消さないようにしながら、ゆっくりと歩きだす。音の場所を探る。中庭には面していない部屋なのかもしれない。くぐもった音は、右奥から聞こえていた。

ひとつひとつ部屋を覗きながら歩いていくと、物置きらしき空間の奥の壁に小さな扉がついているのを発見する。

「鷹羽さん?」

斎は物置きに入っていき、その扉に向かって呼びかけた。

ドン……。

掌で触れた扉から、音とともに振動が、斎の身体に直接響いてきた。

——見つけた!

「鷹羽さん、亜南です。待っててください。いますぐに開けますから」

扉のノブに手をかけてしかし、そこに南京錠がかけられていることに気づく。ピンのようなものでもあれば開けられるかもしれないと物置きへと慌ただしく視線を走らせたときだった。

子供のシルエットが回廊にあるのが目に飛び込んできた。

ウーだった。

斎は半ば睨むように彼を見た。

「この部屋の鍵はどこにあるんだ?」

子供は用心深い獣の足取りで、物置きへと入ってきた。斎のすぐ目の前で立ち止まり、見上げてくる。

「鍵は、ここにある」

小さな拳が宙に掲げられる。

「でも、オレは絶対渡さない。欲しいなら、オレの指を切り落として、取ればいい。時間はない。もうすぐ零飛様たちが帰ってくる」

「……」

挑みかかってくるような、それでいて泣きそうな瞳。

――この子の手を開かせるのには……。

斎は宙に差し出されたウーの手首を握った。ビクンと少年の身体が震える。そのまま、グッと手を引いて、斎はウーを鷹羽が閉じ込められている部屋の扉へと押しつけた。

その華奢な身体に覆い被さる。小さな顎を、手で固定した。

説得する時間はないし、殴ったり指を切り落としたりするよりは、まともな選択だと自身に言い聞かせる。

それに、鷹羽を見殺しにしようとしたウーを罰したい気持ちも強かったのだと思う。

「イツ、キ……」

ウーの唇を、唇で塞いだ。

やわらかくて頼りない子供の唇を押し潰して、吸い上げる。悲鳴をあげたいように開いた唇に、斎は舌を差し込んだ。なんの斟酌《しんしゃく》もなしに、小さな舌を舐める。

「んっ……ぅ、う」

舌を深く搦め捕ると、少年の身体がピクピクと震えた。斎を押しのけようと、拳で懸命に肩や胸を叩いてくる。その力が少しずつ弱まっていく。

子供の舌が蕩けていく。斎のほどこす舌技に応えることができず、ただくにゅくにゅと翻弄されるやわらかな肉。

「ふ……んん」

ちょっと苦しそうな、鼻に抜ける甘い音。震える華奢な身体。

ついに、ウーの膝が砕けた。ずるずると床に頽《くずお》れていく。

鍵が石の床に落ちる高い音が響く。

斎はウーを壁に凭れさせるかたちで座らせると、鍵を拾い上げた。

南京錠の穴に、それはカチリと嵌まった。扉が開く。

＊　＊　＊

遠くからかすかに斎の声が聞こえてきたとき、しばらくのあいだ、鷹羽は自分の耳を信じることができなかった。

けれどその声は次第に近づいてきて――猿轡を嚙まされているから声を出すことはできない。

手足を拘束されつつも這い寄っていた扉を、鷹羽は足で思いきり蹴った。斎が気づいてくれることを祈って、力いっぱい蹴る。

隣の物置きに人が入ってくる気配。続けて、扉の向こうから斎が呼びかけてきた。扉を蹴って応えると、

「鷹羽さん、亜南です。待っててください。いますぐに開けますから」

強い声が返ってくる。

この部屋には鍵がかかっているから、これで助かると決まったわけではなかったが、差し込んだ希望に心が力を取り戻していくのを感じる。

と、横の物置きに新たに人が現れたらしかった。鷹羽は耳をそばだてた。話している内容まではわからなかったが、少年のまだ高さのある声が扉越しに切れ切れに聞こえる。ウーに違いなかった。

――あいつなら鍵を持ってるかもしれないが、オレのことを嫌ってるからな。

おいそれと鍵を渡してはくれないだろうと思っていたが、意外にも、ものの五分ほどで扉は開かれた。

斎は鷹羽の顔を見たとたん、泣きそうな顔をした。猿轡と手足の枷を外してくれて……。

「亜南？」

起き上がろうとした鷹羽の身体に、斎の腕がふいに搦みついてきた。震えが、重なった身体

から伝わってくる。

「よ、かった……」

さらりとした髪が、頬に擦りつけられる。

「泣くのはあとにしろ」

そう言って後頭部をポンと叩くと、斎は身体を離して気まずそうに「泣いてません」と言う。その割には目の縁が赤くなっていて、それが妙に愛しい気持ちを刺激する。

——俺のほうこそ、なごんでる場合じゃないな。

気を引き締めて立ち上がり、監禁されていた部屋を出た。横の物置き部屋、壁に凭れかかって呆然としている少年を見つける。

「ウー、行こう」

斎が声をかけ、少年の肘を摑んで立たせようとするけれども、足に力が入らない様子で床に頽れる。なにか様子がおかしい。

「こいつは俺が運ぶ。おまえ、とりあえずいまは首を絞めたりするなよ」

鷹羽はウーを背負いながら、釘を刺す。

斎のあとに従って回廊へと出た。

「……おまえなんか、死ねばいい」

耳元でウーが呟く。いつもと違って、力のない声だった。

「期待に添えなくて悪いな」

鷹羽は走りながらボソと言い返し、そして続けて言った。

「約束どおりイツキを逃がしてくれて、ありがとうな」

「……」

肩に摑まってくる子供の腕に、少しだけ力が籠もる。

——こいつは本当に亜南が好きなんだな。ガキだけど、一丁前に、立派に好きなんだ。

斎を助けるために、組織を裏切ったのだ。それは決して生半可な気持ちでできることではない。命懸けの覚悟をしたに違いない。

同じ男として……同じ亜南斎に惹かれる人間として、よくやったと認めてやりたかった。

＊　＊　＊

ドアを開けて、敷地裏の駐車場スペースに走り出た斎は、さっきまではその空間になかった一台の車と人影とに足を止めた。

ウーを背負ってついてきていた鷹羽も、横で立ち止まる。

「駐車場に車を入れたら、あんなことになっていて驚きました」

裏門のところで倒れている見張りを指差して、スリーピースのスーツ姿、ライトを点けたままのリムジンのボンネットに腰を預けた零飛が肩を竦める。その右手にさりげなく拳銃が握られていることに気づき、斎は息を呑んだ。しっかりサイレンサーまで装着してある。

「ここで銃殺でもするつもりか？」

下ろしたウーを背中に庇いながら、鷹羽が零飛に苦々しく尋ねる。

「それも愉しそうですが、まずは蒼と遊んでいただきましょうか」

蒼は眼鏡を外すと、スーツの胸ポケットにそれを入れた。

左目の下にホクロのある整った顔が遮るものなく晒される。なめらかな輪郭に、すっと通る鼻梁。やや質感のある唇。静かでいて、緩みのない眼差し。力が入っていないように見える四肢にはしかし、どこにも隙がない。

彼とは一度、少しだけ拳を交じえたが、かなりの使い手だと斎は感じた。

「蒼の双刀使いは見事なのでお見せしたかったのですが、生憎、専用の剣はこちらには持ってきていないんです」

これから演舞でも観賞するかのような優雅さで、零飛が残念がる。

斎は右手のナイフを握り締めた。お互い素手でフェアに、などと言っている場合ではない。

鷹羽が耳元で囁いてくる。

「おまえは蒼の相手をしてくれ。俺は零飛の銃を奪う。銃さえ奪えば、どうにかなるだろう」

斎は一拍考えて、かぶりを振った。

「零飛の銃を奪う必要はありません」

「どういうことだ？」

「蒼を捕まえてその喉元にナイフを突きつければ、零飛は銃を撃てません」

――蒼は零飛の急所だから。

その読みに間違いはないだろう。零飛がとりあえず見物を決め込むつもりなら、あえて銃口をこちらに向けさせることはない。

「……わかった。それなら、ふたりがかりで蒼を狙おう」

鷹羽は斎の分析を信頼してくれ、強く頷く。

斎はウーをワゴン車の陰に避難させてから、蒼との間合いを詰めた。気持ち悪いほど風のない夜。大気はどろりと固まっているかのようだ。

ゆるりと、蒼が親指を折った掌をこちらに向ける。片足を引いて重心を落とし、斎と、そして横から回り込む鷹羽を睥睨《へいげい》する。

斎も自然と居合をするときと同じ、肩をすぅと落として背筋を立てた姿勢になる。頭で考えるよりも身体が、なすべきことを知っている。それが武道の鍛錬を積むということだ。己のいままで積み重ねてきたもののみが頼りになる。

最初に空気を大きく揺るがしたのは鷹羽だった。

蒼の腕を取りに飛び込んでいく。蒼はそれを流れるようにかわしたが、間髪入れずに鷹羽の足払いが入る。足払いを避けて、蒼が数歩退く。斎はその退いた先へと走り込み、左の拳を繰り出した。蒼が腕で拳を防ぐ。片腕同士でぶつかり合いながら右手のナイフを横に払うと、蒼は身体を素早く半回転させて刃先から逃げた。

こんな緊迫したときであるにもかかわらず、なるほどこれは零飛も観賞したがるわけだと、斎は妙に納得してしまっていた。

蒼の動きは、とてもなめらかで美しい。緩急が利いていて、まるで舞踏のように歩を踏み、しなやかに背や手足を使う。

鷹羽の胸元に、掌底が入る。胸を打たせておいて、鷹羽は重心をぐっと下げた。蒼の脇腹を拳が抉る。……鷹羽はとても彼らしい戦闘をする。猛禽が翼を鋭く羽ばたかせ、獲物の肉に爪を食い込ませるようなイメージだ。蒼の眉根がかすかに寄せられる。

そんな攻防が十分ほど続くうちに、次第に斎と鷹羽の息が合い、一対二の差は歴然となっていった。

それは傍観している零飛の目にも明らかだっただろう。視界の端で銃が動く。その照準が定まる直前、鷹羽が蒼の後ろに回り込むのに成功した。

「亜南！」

強い声の意図を読み、斎はバタフライナイフを投げた。鷹羽の手に柄がぴたりと収まる。

蒼の喉元にナイフが押しつけられ、そこにいるすべての人間が動きを止めた。

零飛もまた、銃口を斎に合わせたまま微動だにしない。彼の眉間には不愉快そうな皺が刻まれていた。

「ここは通してもらいます……ウー、おいで」

零飛に宣言して、斎はワゴン車の陰に隠れていた子供を呼んだ。

走り寄ってきた少年の手を、ギュッと掴む。

『まさか、ウーを連れていくつもりか？』

喉元にナイフを突きつけられたまま、蒼が母国語で尋ねてきた。

『ええ、そのつもりです』

きっぱり答えると、蒼の唇に苦笑が浮かんだ。

『ウーは、その年にして立派な黒社会の人間だ。それはわかっているのか？』

少年のなかには得体の知れない黒い部分がある。それは確かだ。現についさっきも、斎を騙して、鷹羽を置いていかせようとした。

とてもしたたかで、計算高くて、目的のためなら手段を選ばないところがウーにはある。もしかすると、斎が想像している以上の犯罪に、すでに手を染めているのかもしれない。

『それでも、まだ十二歳の子供です。これから、いくらでも変わっていける』

『裏表が激しくて、したたかで、残忍で、愛情に餓えてる……飼い慣らす前に、食い殺されても文句は言えない』

『……』

斎が言葉に詰まると、

『それでも、このまま黒社会に置いておくよりはマシだ』

鷹羽が言った。その発言で、鷹羽もまたウーを連れていくことに賛成してくれているのだと斎は知る。心強さが胸に拡がった。

『黒社会に染まってきた人間を、あなたたちが扱えるとは俺には思えない。一時の感傷で、他人の人生を背負えるわけがない』

蒼の視線は、まっすぐ斎の目を射てきた。

『存在しない人間に居場所を与えることがどれだけ重くて難しいことなのか、あなたたちはわかっていない。結局その子は、どこにも居場所がなくなるだけだ』

『要するに、あなたはウーを置いていけと言いたいんですね。でも、ウーは僕たちを逃がそうとして組織を裏切った。ただですむとは思えない』

まどろっこしい話を打ち切ろうとして斎が言うとしかし、予想外の言葉を蒼は返してきた。

『今回のことでウーを処分させないことは、俺が約束する』

『……そんな権限があなたにあるんですか？』

苦笑して流そうとすると、蒼が真摯な表情で言い切った。

『零飛は、俺の言葉だけは聞く』

沈黙が落ちる。

「いつまで、そこで話しているつもりです?」

距離的にいって、零飛にはいまの会話は聞こえていないだろう。つまらなそうな飽きたような声でそう言うと、彼は車のボンネットから腰を上げた。撃つ意志がない表明、銃口を下に向ける。

「早く、私の秘書を解放しなさい」

「おまえのご主人様は、どうやらおまえのこと以外、あまり興味がないらしいな。まぁ、いい。このまま門のところまで付き合ってもらおう」

鷹羽は蒼にナイフを突きつけたまま、門へと歩きだした。斎もウーの手を引いて歩いていく。無事に門まで辿り着き、敷地の外へと出る。あとは蒼だけ門の内側に突き返せばいいというとき、それまで黙りこくっていたウーが口を開いた。

「オレは……オレは、イツキとは、行けない」

斎は驚いてウーの顔を凝視した。ウーが泣きそうな顔をして見上げてくる。

「オレはきっとイツキを困らせる。きっと、オレは苦しくなって逃げ出す。こんなに汚れる前に、イツキに会えてたら、よかった」

「ウー、なにを」

斎の言葉に被せるように、ウーは強い声を出した。

「わかるんだ――イッキはオレのこと、怖がってる」

錐《きり》で突き刺されたような痛みが胸を貫く。

そうだ。黒社会で生きてきたこの子は嗅覚が利く。自分が相手からどう見られているかに、人の何倍も敏感なのだ。

だから、さっき蒼の説いたウーとやっていく困難さを斎が本当は理解し、自信を持ちきれずにいることも、感じ取ったに違いない。

すでに見透かされている心の内。弁明の言葉ひとつ出てこない。

「オレのいるべきとこは、黒社会なんだ。蒼さんが口添えしてくれるなら、きっと大丈夫だから」

そう言って、ウーは斎の手から手を引き抜いた。その手をもう一度捕まえようとすると、ウーは門の内側へと身を引いて逃げた。

ウーが鷹羽を睨むように見上げる。

「タカバセイイチ。あんたがちゃんとイッキの横にいて、守れよ」

「……ああ。約束する」

鷹羽は低い声で言うと、蒼の首からナイフを離した。蒼の背中を押して、門の内側へ押しやる。

ウーが背の高い門をゆっくりと閉めていく。

最後に、子鹿のような目が笑った。

「――亜南、行くぞ」

背中に、力強い掌が触れてくる。それに押されて、斎は走りだした。追っ手が来ないとは限らない。一秒でも早くこの場を去らねばならない。

頭の芯がジンジンと痛む。自分という存在が、握り潰してしまいたいほど嫌で嫌でたまらない。

一時の感傷に流された偽善者だ。

夏の夜の住宅街。煌々《こうこう》と点されている街灯。家路を急ぐサラリーマン風の男。セダン車の眩しいライトが横を行き過ぎる。ありふれた日常の風景。日常の匂い。

そのなかを、鷹羽とともに全力疾走している。

地を蹴る一歩ごと、零飛の元で過ごした日々が後ろに遠のいていく。

自分が傷つけた子供とともに、遠ざかっていく。

自分の悪夢のような非日常は終わっても、ウーの悪夢のような日常は続いていくのだ。横にいてくれる人もなく、ただひとりで暗闇に立っている子供。手の届くところにいたその子の手を、自分はきちんと摑んでいられなかった。置いてきてしまった。

いまにも涙が零れそうで……。

「え?」

と、ふいに起こったその音に、斎の足がもつれる。あやうく転びかけて、立ち止まった。振り返る。

一回きり、けれど確かに聞こえた、バンッ…という、大気を千切る乾いた音。それは、サイレンサーを外した銃声だった。

——どういう、ことだ……？

「……ウー？」

斎は尋ねるように呟いた。

「ダメだ！　戻るなっ」

衝き動かされたように零飛の邸へと走ろうとする斎の腕を、もげそうな力で鷹羽が摑んできた。斎は憎悪にも似た眼差しを鷹羽に向けた。睨んだまま大きく瞬きをすると、涙が頬を転がり落ちる。

鷹羽を殴り倒してでも戻らなければならないと思う。

ウーを助けに行かなければならない。

拳を振り上げて——けれども、その拳が鷹羽に当たる前に、腹部に重い衝撃が走った。鷹羽の拳だった。

——ウソ、だ。ウソだ……こんな。

「亜南、俺はおまえを助ける。あいつと約束したからな」

逞しい腕に抱きとめられたところで、意識が途切れた。

7

目を開けたとたん、涙がこめかみを流れ落ちた。瞬きするごとに溢れるそれを、腕で拭う。

天井から下がっているはずの灯籠が見当たらない。

遮光カーテンの隙間から落ちる陽光が、フローリングの床に線を引いている。

――ここは？

斎は身体を起こすと、重い目であたりを見まわした。

見覚えのない部屋だ。

自分が、どこにいるのかわからない。自分がなんで泣いているのか、わからない。

――零飛《リンフェイ》のところにいたはずなのに……。

口のなかがカサカサで、とても喉が渇いている。

ぼやけた頭のままベッドを下りると、斎はカウンターで区切ってあるキッチンスペースに行き、シンクの蛇口を捻った。水を掌で掬い、口に運ぶ。それを何度か繰り返す。

蛇口を閉めて、改めて部屋を見まわした。

広めのフローリングの空間には、ベッド、テレビ、テーブル、ソファ、パーテーション、書棚、筋肉トレーニング用の器具がポンポンと適当に置いてある。ここの主はあまり住空間に拘りのないタイプらしい。片づいているというわけでもないが、散らかっているというには物の少ない殺風景な部屋だ。

働かない頭でぼんやりしていると、突然、部屋から続く廊下でドアを開ける音がして、斎は反射的にカウンターの陰にしゃがみ込んだ。

誰かが部屋に入ってくる。部屋を見まわしているのだろう沈黙のあと、低音の声が響いた。

「亜南?」

それは鷹羽征一の声で……斎は安堵に脱力すると同時に、思い出したくない出来事を一気に思い出してしまっていた。

——僕と鷹羽さんを逃がして、ウーは撃たれたんだ……きっと、殺された。わざわざサイレンサーを外して、殺す音を聞かせたんだ。

心臓が裂かれるように痛んで、鷹羽が何度も名前を呼ぶのに、斎は立ち上がることも答えることもできなかった。

結局は零飛の狙いどおりになったわけだ。

鷹羽を殺すのがベストのシナリオだったのだろうが、ウーを手にかけることで零飛は目的を達成したのだ。斎はいま、味わったことのない苦しみに焼かれていた。

取り返しのつかない喪失感に胸を裂かれている。

「なんだ亜南、そんなところにいたのか——どうした？　具合でも悪いのか？」

カウンターの陰で蹲《うずくま》って肩を震わせている斎に気づいた鷹羽が横に膝をつく。シャワーでも使ったらしい。黒いTシャツにスウェットパンツ姿の鷹羽の髪は濡れていた。

溢れてきた涙を腕で拭ったが、目の赤さは誤魔化せない。

「……俺はこれからまた警視庁のほうに行くが、つらかったらおまえはここで休んでろ」

鷹羽はおそらく、斎が寝ていた夜のあいだも一晩中、密入国関係の現場を駆けずりまわっていたのだろう。精悍な顔には疲労が深く滲んでいる。

そんな鷹羽の顔を見たら、自分の軟弱さが恥ずかしくなった。たとえ個人的にどんなにつらい感情を抱えていても、いまやらなければならない仕事がある。この一ヶ月携わってきた潜入捜査の結末を、自分の目でしっかり見届けなければならない。

刑事という険しい道を選んだのは自分なのだから。

「僕も行きます」

はっきりと答えると、鷹羽はじっと斎の顔を見詰めてから力づける強さで肩を叩いてきた。

「よし。それならシャワー使って、シャッキリしてこい。すぐに出るからな」

昨晩、これから朝までのあいだに大規模な密入国があるという情報を鷹羽経由で得た警視庁は、すぐに近隣の県警にも協力を要請し、港および船舶がつけられそうな場所に警察官を配備した。

その結果、沖合いで何隻かの日本漁船――この手の密入国に日本側の協力者がいるのは基本形だ――に乗り換えたアジア系外国人百五十人のうち九十二人が取り押さえられた。残り五十八人は警察の目をかいくぐって入国を果たしたようだった。

九十二人の密入国者を収容して調書を取るのに、警視庁内はごった返していた。なにぶんにも日本語をまったく話せない相手から事情聴取しようというのだ。中国語、朝鮮語に覚えのある職員は朝一で狩り出された。

またそれと平行して、数日前からキサラギ食品で不法就労していた外国人の取り調べも行われていた。

「ま、要するに、亜南の読みでドンピシャだったってわけだ」

東啓太郎はグッジョブと親指を立てる。

「不法就労者のうち、身体におかしな手術痕のあるのが結構いたんだ。肝臓の一部を切り取られたり、腎臓の片方を摘出されたりして、かなり体調悪い奴もいてさ。合意のうえったって、酷ぇ話だ」

「殺されて心臓を持ってかれた奴もいるだろうな」

鷹羽は書類に添付された臓器摘出の手術痕の写真を眺めながら苦々しい様子で続ける。

「外国人犯罪の急増と騒がれてるが、実際にはこうやって、日本人に食い物にされてる外国人は多い。結局、下の人間は奪われ失い、上の人間は利を得る。狩場に国境がなくなってきてる分、狩りの方法も複雑化していくわけだ」

――ウーみたいな黒孩子《ヘイハイズ》たちが、子供のうちから狩場に放たれていく。本人たちには選択肢もなく……。そして、人を欺き傷つけ、時には人の命すら奪っていく。

窃盗や殺人といった、人のなすことに善悪をつけることは可能だ。

けれども、人の存在そのものに善悪をつけることは困難だ。

――たとえウーが平気で人を欺き傷つけるようなことをする人間だったとしても、僕はウー自身に悪のレッテルを貼ることはできない。そうしようとは、思えない。

善と悪とがこうまで複雑に絡み合っているものなのだと、これまで知らずにいた。もっと正しく言えば、理屈では知っていたが、本当にはわかっていなかったのだ。

そして刑事という仕事をやっていくということは、常にそれを目の当たりにすることなのだろう。

――こんな、痛い思いをしていく職業なのか。

ウーのことを思い出したとたん、心臓が悲鳴をあげてしまっていた。

椅子に座って軽く俯き、表情を消し、拳を固めて激痛に耐える。

「そろそろ、夜通し調書を取ってた奴らは限界だな。亜南、行くぞ」

「え?」

椅子から立ち上がった鷹羽を斎は見上げた。

「おまえの語学力でガンガン落とせ」

促されて、斎も慌ただしく立ち上がる。

横で、徹夜で充血した目を擦り、東がデスク上の書類の山を叩いた。

「さーて、それじゃあ、俺ももうひと頑張りして、こいつを片づけっかな」

取調室へと赴きながら、鷹羽は斎の頭のうえにポンと掌を置いてきた。前を向いたまま、言う。

「ウーの生死は、いま考えてもわかることじゃない。無闇に自分を責めるな」

「……」

「どうしても責めずにいられないなら、仕事に没頭しろ。おまえにいまできるのは、それしかない」

やや突き放すような口調だったが、頭に置かれた掌は力強くて優しかった。

結局、夜まで食事の時間もろくにないようなありさまで、斎は鷹羽と組んで調書を取りつづけた。

文字どおり仕事に没頭し、最後のひとりが部屋を出ていったとき、斎はすっかりエネルギー切れの状態だった。ボロ布みたいになった斎に、やはり疲れた顔をした鷹羽がコーヒーを運んできてくれる。

しばらく無言でコーヒーを啜《すす》っていたが、

「俺のとこは去年母親が亡くなったんだが、仕事仕事で一年過ぎて、ろくに悲しんでる暇もなかった……悲しむにも苦しむにも時間とエネルギーがいるからな」

そんなことを鷹羽が言ってきた。

どうしてそんな話を始めたんだろうと考え、斎に「仕事に没頭しろ」と言ったのは、その経験からだったのかもしれないと気づく。

実際、いまは過労で感覚が麻痺していて、ウーのことを考えようと思ってもまともに頭が回らない状態だった。ただ、大きな虚しい穴がぽっかりと胸に空いているのだけを感じている。

「お父さんはお元気なんですか？」

「いや、父親を亡くしたのは早かったからな」

「兄弟は？」

「いない」

「……」

そんな顔をするな、と軽く笑うように怒られる。

「亜南のところは、親兄弟は健在なのか？」

「みんな、元気です。うちの実家はちょっと変わってて神社なんですけど、上の兄がすでに妻子持ちで家業を継ぐことになってるんです。弟は東京でひとり暮らしして仕事をしてます」

鷹羽の家のことを聞くのも初めてだったし、鷹羽に実家のことを話すのも初めてだった。

……鷹羽とこういう個人的な会話をできるようになるなどと、一ヶ月前までは思ってもいなかった。

潜入捜査を依頼されて初めてふたりきりで話したときなど、緊張のあまり手が震えたほどだった。

「そうか。それなら、互いに問題はないわけだな」

「問題はないって？」

訊き返すと、鷹羽が少し苛立った色を目元に浮かべた。

「孫の顔を見せろとか、そう目くじらをたてられずにすみそうだな、ってことだ」

鷹羽のほうはそれを言ってくる両親がすでに亡いし、斎のほうは長兄がいるから確かにそれが肩に重く圧しかかってくることはないだろう。

「ええ、まぁ……」

しかし、なにかやはり、いまひとつ会話の流れが摑めない。

自分の頭の回転がよっぽど鈍っているのか、鷹羽もまた疲れて話の脈絡がおかしくなっているのか。

変な沈黙が落ちた。先に沈黙に負けたのは斎だった。

「すみません、鷹羽さん。どうして急に孫とかの話になったんですか？」

もう頭も働かなくて、そのままな質問を投げかける。

すると、鷹羽が憮然とした表情で決めつけてきた。

「だって、おまえは結婚なんか、しないだろう」

「……」

ふたたび沈黙が落ちる。

次第に鷹羽の顔が剣呑とした色を深めていく。そしてついに、唸《うな》るような声で訊いてきた。

「亜南。おまえ、俺の言いたいこと、わかってないのか？」

「……たぶん、わかってません」

鳶色の瞳がうんざりしたように一度逸らされてから斎のうえに戻ってきた。そしてまた繋がりのないようなことを訊いてきた。

「おまえは俺が好きなんだろう？」

「……なっ」

なにを言ってるんですか、と斎が言う前に鷹羽が言葉を重ねた。

「抱いててわかった。おまえの顔も身体も、そう言ってたからな」

「鷹羽さん！」

突然の爆弾発言に、斎は思わず椅子をひっくり返して立ち上がった。取調室の色気のない机に両手をついて、動転したまま鷹羽を見下ろす。

すべての反論を封じる強い眼差しが見返してきた。

「俺は亜南を傍に置きたいと思ってる」

「…………」

こんな疲れ果てているときにこんなことを言ってくるのは反則だと思う。なにひとつ、言い返せない。なにもリアクションが思い浮かばない。

鷹羽は立ち上がると、まるで斎が断るわけがないと決めつけている口調で言う。

「俺の家に、帰るぞ」

そして実際、斎は断らなかった……。


マンションの地下駐車場に車を置いてから、いつも鷹羽が利用するのだという、ひとり客でも落ち着いて食事ができそうな小料理屋に連れていかれた。

カウンター席がメインの店で、斎は鷹羽と並んで席についた。

メニューのラインナップは懐石っぽい料理から家庭料理までと豊富だった。

ずっと食べたかった鮭の塩焼きを頼んだのだが、ほっくりしたオレンジ色の鮭の身と粒の

立った白米を口にした斎は思わず顔を緩め、「安あがりな奴だな」と鷹羽に笑われた。

食欲がないなりに、鷹羽お勧めの、煮物や揚げだし豆腐、岩牡蠣《イワガキ》料理を口に運び、キリと冷えた辛口の冷酒で喉を潤す。

斎も鷹羽も心身疲弊していて口数は極端に少なかった。

ぐったり疲れてはいるものの、一ヶ月ぶりに肩の力が抜けているのを感じる……もしかすると、こんなに力を抜いているのは、物心ついてから初めてかもしれなかった。

子供のころから妙に四角い性格で、親兄弟にも友人や恋人にも、あるいは自分自身にすら、肩肘張って取り繕ってきた気がする。

——……鷹羽さんにはもう、なにも取り繕いようがないけどな。

心も身体も暴かれ、余裕を失った醜態を、彼にはすでにさんざん晒してしまっている。いまさらいくら取り繕っても手遅れだ。

取り繕うのを諦めたことで、こうして楽に呼吸できている。

情けない自分を晒してもいいかと思えている。

こういうのが人に甘えるという感覚なのだろうかと、斎は冷酒を口腔で転がしながらぼんやり考えていた。

食事を終えてマンションに戻ると、時計は十一時を回っていた。

鷹羽に促されるまま風呂に入って湯船に浸かり——食事をして多少なりともエネルギーが回復したところでひとりになったのがいけなかったのか、苦しさが込みあげてきた。最後に見た、少年の子鹿のような瞳がありありと思い出される。

きっと寮にひとりで帰ったら、一晩中、こんな気持ちに苛まれつづけ、のたうちまわる苦しい時間を過ごしたに違いない。

家に誘ってくれた鷹羽の心遣いが身に沁みた。

早々に風呂から上がり、鷹羽が用意してくれたサイズの大きいTシャツとハーフパンツを身につける。

鷹羽が風呂を使っているあいだ、ソファに腰掛けて点けられたままのCSのニュース専門チャンネルを見るともなく眺めていた。いくつかの政治関連ニュースが流れたあと、画面が夜の埠頭を映し出した。アナウンサーが昨日未明にこの埠頭で密入国の外国人が取り押さえられたこと、彼らが近日中に強制送還になることを告げた。それからすぐ、次のニュースへと移っていく。

テレビを見ている人間にとっては、ほんの数十秒で報告のすむ事件。

それに自分たちは時には身を削り、命懸けで取り組む。

複雑な気持ちになりながら、斎はテレビ横の書棚へと視線を流した。ぎっしりと並べられた本は、英語・フランス語・イタリア語・中国語・韓国語といった語学関係、法律書、判例集といった類のものだ。

斎自身それなりに勉強家のつもりだったが、鷹羽の足元にも及ばないのはこの書棚ひとつ取ってみても明らかだった。

——これじゃあ、まともな恋愛なんてしてる暇なかったんだろうな。

鷹羽のことだから、なんだかんだと女性から誘われることは多いのだろうが、身体の関係を持っても、仕事に追われていつの間にか自然消滅、を繰り返してきたに違いない。

鷹羽がどんな生活を送ってきたのかを、室内を見まわしながら思い描いているうちに眠ってしまったらしい。

ハッとして目を開けると、ベッドに寝ていた。確かソファに座っていたはずだったと思いながら、むくりと起き上がる。

テレビはチャンネルを替えられ、英語のワールドニュースが流されている。テレビのうえに置かれた時計は二時を示していた。

鷹羽はデスクのノートパソコンに向かっていた。こちらに背を向けているが斎が起きたのはわかったらしい。

「俺ももう少ししたら、そっちに行く」

キーボードを叩きながら、それだけ言った。

薄手の毛布一枚をかけてふたたび横になったものの、目を閉じれば子鹿のような子供の瞳が浮かびあがってくる。閉じた睫のあいだから滲む涙を、斎は何度も腕で拭った。

ＯＳの終了音が部屋に響く。

鷹羽が椅子から立ち上がる。振り返った彼と目が合った。

半乾きの髪はばらりと乱れ、さすがに疲れが溜まっているせいだろう。いつも鷹羽を包んでいる鋭さや険しさはやや抑えられていて、気だるげだ。

鷹羽はリモコンでテレビを消すとベッドにやってきて、やおら斎が被っていた毛布を掴み、床へと乱暴に放った。

「な、んですか」

びっくりして起き上がると、鷹羽はベッドに乗ってきて、斎の両膝をがっちりと掴んできた。強い力に、大きく脚を拡げられる。ハーフパンツがまくれて、腿のほとんどが露わになる。

「鷹羽、さん？」

膝の素肌を指の腹で擦られて、かすかな電流が腿の内側を走る。

「するだろ？」

言いながら、鷹羽は上体を伏せると、斎の右腿の内側に噛みついてきた。歯型がつくほど噛んだあと、その静脈の透ける薄い皮膚を舐める。熱く濡れた舌に小さな輪を描くように舐めまわされる。舌から逃げようとして、斎はみずから淫らに脚を開いてしまった。

肌を唾液で濡らしながら、鷹羽の顔がゆっくりと脚の付け根へと上っていく。

自分の脚のあいだで蹲る男の広い背中に、斎は手をかけた。

「……やめて、ください」

昂まる緊張に身体を硬くして、摑んだシャツの布地を引っ張る。

恥ずかしくて嫌なのに、身体のあちこちが痺れたみたいになって、力が入らない。鷹羽が際どい場所を舐めてから、顔を上げた。

唾液にてらてらと光る内腿が、ひどくいやらしく見える。ハーフパンツの下腹を押し上げている茎の裏を指先で撫でられる。腰を引こうとすると、ぐっと握り込まれた。

「疲れすぎてるとしたくなるんだ。わかるだろう？」

それは同じ男としてわかるにはわかるが――頬が灼けるように火照る。

「すみません。でも、本当に、恥ずかし…くて」

「いまさら恥ずかしいもないだろう。あれだけ人に見られながらやったんだ。それとも、おまえは人に見られながらでないと嫌なのか？」

言葉と指で嬲られて、息が詰まる。

「そっ…そんなわけ、ないでしょう」

「誰に脅されなくても、俺が欲しいだろ？」

低音の声で煽るように尋ねられて、斎は伏せた睫を震わせた。鷹羽の言葉に、「欲しい」と斎のペニスはとろりと雫を溢れさせる。下着が濡れたのがわかった。

鷹羽の手が、じらす速度で張り詰めた茎を扱いていく。震える脚に力を籠めて耐えていると、ハーフパンツの裾から指がのったりと入り込んできた。トランクスタイプの下着のなかに、そのまま侵入する。

「びしょ濡れだな」

驚いたような呟きに、一気に身体が熱くなる。

濡れた茂みを乱暴に掻きまわされ、茎の付け根を軽く爪で抉られる。

「……ぁ」

触れられる期待感が昂まるのに、鷹羽の指が少し退く。退いて茂みを引っ張って遊んでから、また根元に戻ってくる……また、遠ざかって。

斎は思わず、後ろ手をついたまま、わずかに腰を動かしてしまった。ほとんど無意識にそうしたのだが、結果、性器を男の指に押しつけるかたちになる。鷹羽が喉で笑った。

斎の求めに応じて、恥ずかしいほど硬直した茎に指が搦みつき、トランクスの裾から引きずりだされる。熟れすぎた果実のように先端を腫らしたペニスが、ふたりの視線に晒される。

電気の点いた室内で克明に観察され、先端が別の生き物のようにヒクつく。喘ぐ小さな孔から、また先走りが溢れた。裏筋を、括れを、先端の窪みを這いまわる男の指が濡れそぼっていく。

「……電気、消してください」

淫らな自身の下肢から視線を逸らして、斎は不安定な小声で鷹羽に頼んだ。

「消したら、亜南の顔が見られないだろう」

その言葉に視線を上げた斎は、鷹羽がずっと自分の顔を見ていたらしいことに気づく。頭の芯がカッと熱くなった。

鷹羽は口元に笑いを浮かべると、空いているほうの手で斎の頬を包んできた。近づいてくる顔に、頭が沸騰したまま目を閉じる。

唇が、重なる。

弾力のある温かい唇の感触に、心臓が跳ねた。音をたてて繰り返し繰り返し、啄まれる。

それに誘われて、斎もまた鷹羽の唇を啄み返してみる。

どちらからともなく唇がほどけていき、舌が触れ合った。

「ん……んっぅ」

斎は両腕を鷹羽の肩に回して抱きついた。

深々と重なった唇から、互いのなかへと舌がぬるぬると出入りする。自分の舌が鷹羽の唇を通り抜ける。鷹羽の舌が卑猥な音をたてて押し入ってくる。

舌が触れては絡み、意識が飛びそうになる瞬間が波のように訪れる。

——欲しい。

ふいに、強烈な欲求が衝き上げてきた。

――滅茶苦茶になるぐらい、鷹羽さんが欲しい。

その滾る欲求に負けて、斎は自分から体重をかけて鷹羽をベッドに押し倒した。

……口のなかの男性器が、熱い。

裸の鷹羽の身体のうえに、同じく全裸で四つん這いになり、斎は激しく血管を浮き立たせている幹に舌を絡めていた。なまなましい潮の味がする。

「亜南、もっと腰を落とせ」

言葉とともに、三本の指を呑まされて縁を淫らに引き伸ばされた後孔が下に誘導される。

鷹羽の顔のうえに斎の下肢が近づく。

「……っ、ん！　――あぁっ」

双玉を交互に口に含まれ、なかの丸い凝りを吸い出すようにされて、斎は身体を引き攣らせた。涙目で見下ろすと、自分のペニスの先端から糸を引いた先走りが鷹羽の喉元に垂れていくのが見えた。鷹羽の首から胸のあたりには何箇所も透明な体液の水溜りができている。

たぶん疲れているせいだろう。普段ならとっくに達しているだろう快楽が、弾けないままジリジリと下腹を炙《あぶ》りつづけていた。

これは、誰に強要されるでもなく、観られるでもなく、互いに求めてしている行為だ。

自分たちの意思だけでしていると思うと、なおさらひどく卑猥なことのように思われた。

「鷹羽さん——もう……そこに」

　せつなくねだると、内臓を引きずりだす勢いで三本の指が抜かれた。その刺激であやうく射精してしまいそうになる。

「自分で乗ってみるか?」

　乱れた粘膜の口を指先で軽くまくりながら、鷹羽が尋ねてくる。

「……乗るって、そんなの」

　できませんと答えるより先に、鷹羽は斎の腰を掴み、半ば身体を持ち上げるようにして強引に向きを変えさせた。

　男の腰のうえに、力の抜けかけた斎の腰が据えられる。

　脚のあいだに張り詰めた亀頭が擦りつけられる。小さく開いたままになった窄まりに、一瞬嵌まりかけて、ズレる。それだけで頭の天辺まで痺れが走った。

「おまえがどんなに俺を欲しいか、見せてみろ」

　餌を目の前にした猛禽めいた瞳が見上げてくる。

　狩られるような喰われるような妖しい感覚に、斎の背は震えた。欲情と恐怖感が入り混じり、先走りとなって身体の外へと漏れていく。

「ほら、どうせ隠せないんだ。素直に食え」

「——」

あさましく蜜を垂れ流していく姿をただ観られていることに耐えらなくなる。

斎は鷹羽の割れた腹部に手をつくと、ぎこちなく片膝を立てた。

右手で、滾る男の性茎を摑む。その先端を粘膜の口へとくっつける。

くっついた場所を詳《つまび》らかに眺めようと、鷹羽の強い指が会陰部を押し開いた。恥ずかしさに心臓が軋む。ほんの少しだけ腰を落とすと、ぐっと蕾が拡がる感覚が起こる。粘膜の縁が薄く引き伸ばされていく。

無様すぎてやめたくなったけれども、力の入りきらない足腰では止められない。身体が沈んでいってしまう。

「ああぁっ」

明るい部屋、男を呑み込んでいくさまを、鷹羽に克明に見つめられる。

半ばほどまで挿れた時点で、肉ががっちり嚙み合って動けなくなった。半端な高さで止まったせいで、腿の筋が張り詰めてピリピリと痛みだす。

「亜南が俺を喰ってるのが、全部見える」

鷹羽は呟いて、結合部分を撫でまわしてきた。

そうしながら、もう片方の手で斎の反り返ったものを扱きはじめる。

「ぃ、やだっ……っあ！」

いまにも攣りそうだった脚から、ガクンとすべての力が抜けてしまう。みずからの体重によって、ずぶずぶと残りの肉の柱が体内に収められていく。

「っ……ぁあ！　鷹羽、さん」

鷹羽の腰に座り込んでしまった斎は、背中をきつく丸めて俯き、必死に浅い呼吸を繰り返した。冷房がよく効いているはずなのに、汗の雫が首筋を伝う。

少量の精液が鷹羽の腹部に零れていた。

「亜南」

鷹羽は上半身を起こすと、両手で斎の前髪を掻き上げた。完全に余裕を失った、一番恥ずかしい表情を見詰められる。

「おまえは面白いな。どんどん違う顔を見せてくれる……こんないやらしい顔を、見せてくれる」

——たぶん、僕が自分でも知らない顔を、鷹羽さんはいま見てるんだ……。

とてもつらくて、同時にすべてを鷹羽に投げ出す安堵感があった。

鷹羽にならば、なにをされてもいい。

淫らな自分も情けない自分も、すべて投げ出して構わない。

斎は鷹羽の肩に摑まって、鳶色の瞳に求めた。

「好きなように、好きなだけ、僕を犯してください」

鷹羽は目を眇めると、言葉に煽られたように斎の肩を摑み、ベッドへと仰向けに押し倒した。

肩の素肌に容赦なく爪が食い込んでくる。そうして、あられもない腰の動きが始まる。

意識が朦朧となるなか、斎の肉体はそれに必死に応える。

より深く入ってもらえるように、鷹羽が進んでくるときには力を抜き、根元まで埋まったとたんに閉じ込める。その狭まったなかを、粘膜を毟るようにペニスが退いていく。縁の部分に亀頭だけ残すギリギリまで引き抜き、また勢いよく奥に向かって性器が打ちつけられる。

鷹羽の刻む律動のまま、波に連れ去られる。

斎のペニスは激しく跳ねながら、白濁混じりの蜜をだらしなく滴らせつづけていた。

突かれるたびに声が漏れる。啜り泣きが止まらない。

鍛えられた逞しい男の身体に、筋肉や筋の強いラインが浮かんでは消える。それがひどく扇情的で、美しい。鷹羽の肌に触れれば、汗に掌が濡れた。自分が流させている汗だ。

そして、鷹羽によって滲まされた斎の汗が舐め取られていく。こめかみから耳元へ、首筋へ、胸へ、舌が流れていく。

「っ……や、そんな、吸わな――ん！　……っ」

乳首に痛いほど吸いついてくる鷹羽の髪に斎は指を這い込ませた。鷹羽の頭を胸に抱き込むかたちで、身体を丸める。芯のある髪に顔を埋める。

鷹羽の腰の動きが叩きつけるようになり、震えた。

体内に溢れかえる情欲の液。

短い、男の獣めいた呻き声。

……鷹羽とのセックスと深く結びついた芳香が、記憶のなかから立ち昇ってきていた。

月下美人の幻の匂いに包まれて、斎はトクトクと精液を漏らす。

意識が甘くせつなく蕩けて、かたちを失った。

＊　＊　＊

完全遮光のカーテンの隙間から、早朝の陽射しが部屋に細く流れ込んできている。

その光を頼りに、すぐ目の前で寝息をたてている顔を、鷹羽は見ていた。

斎の顔にいつも浮かんでいる静かな芯の強さは、いまは影を潜めている。額にかかるさらりとした前髪を指で掬うと、眉根がかすかに寄せられた。

そっと顔の輪郭を、人差し指の背で辿る。指が顎まで行ったところで、鷹羽は斎の唇に軽くキスをした。

顔を少し離すと、ゆるりと睫が上げられる。

ねぼけている、頼りないような瞳が、ぼんやりと見詰めてくる。

「……おはよう、ございます」

ぼうっとしているくせに、まずは律儀に挨拶する。

「おはよう、亜南」

ゆるゆると瞬きをするごとに、斎の瞳に表情が浮かんでくる。まずは、どうして鷹羽と寝ているのかと考える色が浮かび、それから昨晩のことを思い出したのだろう。かすかに頬が赤くなり、視線が落ち着かなく動きだす。

表情豊かというわけではないので普通の人間にはそうそう読み取れないかもしれないが、鷹羽には斎の感情の動きが手に取るようにわかった。

毛布の下、裸の腰に手を這わせると、斎の肩がピクッと震える。

温かくてなめらかな素肌の手触りを愉しむ。そうしながら額にキスをすると、斎が胸を押してきた。

まるで、なにか気まずいみたいな顔をして、言ってくる。

「……鷹羽さんて、結構触りたがるんですね」

「別に普通だろう?」

「普通かどうかじゃなくて、鷹羽さんだから意外ってことです」

甘い朝のひとときには似合わないことを言う。少し苛めたくなって、鷹羽は手を腰から尻へと滑らせた。痛むぐらいの強さで、その締まりのある丸みを鷲摑みにしながら尋ねる。

「どんなのなら、意外じゃないんだ?」

鷹羽の指を尻から剥がそうともがきながら、斎が早口で答える。

「終わったら、背中向けて寝るとか」

「……」

「自分だけ気持ちよければいいみたいなやり方をするとか——って婦警たちが喋ってるのを聞いたんですけど、僕もそういうイメージを持ってました」

鷹羽は思わず苦笑いした。

——……あながち間違ってないところが、どうにもな。

斎に対しては背を向ける気にならないし、セックスのときもいろんな顔を見てやりたくて食指が動くから自分さえよければいい、というのは当て嵌まらないが、改めて思い返してみると、これまで関係を持った女に対してはそんな扱い方だった。無意識にやっていたことだが、好ましい態度とは言えないだろう。

少しはサービス精神も出したほうがいいのかもしれない。

「今度から腕枕でもするか?」

尋ねると、

「首が痛くなりそうだから、結構です」

そう可愛げなく答えて、斎は鷹羽の指を尻から剝がして起き上がった。床に落ちているシャツとハーフパンツを拾って素早く身につけると、「コーヒー、淹れてきます」とベッドをあとにする。

——素っ気ないな。まぁ、亜南らしいが。

昨晩はあんなに乱れたくせに、朝になればいやらしいことと無縁の顔をする。

——そういうところ、嫌いじゃないがな。

カウンター向こうのキッチンスペースで湯を沸かしたり、インスタントコーヒーの粉をカップに入れたりしている斎を横になったまま眺める。

斎の動きが、ふと止まった。

その眉間に皺が寄り、思い詰めた表情が浮かぶ。

鷹羽には、斎がなんの考えに囚われたのかがわかった。

ウーのことだろう。

ウーがあの銃声のときに殺されたのか、生き延びたのかは、不明だ。蒼《ツァン》はウーを処分させないと約束したが、それを零 飛《リンフェイ》が聞かなかったり、あるいは蒼が説得する前に射殺された可能性はある。

斎はおそらく、ギリギリまでウーのもうひとつの顔を知らなかったのだろう。

もうひとつの顔——それは鷹羽に見せていたしたたかな犯罪者特有の顔だ。ウーとて、最後まで好きな相手に凶悪な面を知られたくはなかったのだろうけれども。

でも、人間にはいざというときに隠せない本性というものがある。

脱出のドタバタのなかで、ウーは斎を守るために、斎を手に入れるために、それを見せてしまったのだろう。

それが皮肉にも、斎に自分にはウーを扱いきれないのではないかという恐れを抱かせた。そしてウーはその斎の不安を敏感に感じ取り、身を引いた。

——報われない、な。

きっとウーが斎に見せたかったのは、あの最後に見せた、子鹿のような綺麗な目だけだったのだろうに……。

「コーヒー、入りましたよ」

「ああ」

鷹羽は上半身を起こして、差し出されたカップを受け取った。斎もベッドの端に腰を下ろして、コーヒーを啜る。

しばらく互いに黙り込んで、コーヒーを口に運ぶ。

相変わらず深い物思いに沈んでいる様子の斎の横顔に、鷹羽は目をやった。そして、話しかける。

「亜南。おまえ、寮を出て、このマンションに越してこい。確か、いまなら同じ階に空きがあるはずだ」

「なんですか、急に」

斎が少しだけ唇に笑みを浮かべて、鷹羽を見る。

「同じところにでも住んでないと、なけなしのフリーの時間に昨夜みたいなこともできないだろう」

「……考えておきます」

かすかに恥ずかしがるように、斎が視線を逸らす。鷹羽はその視線をもう一度自分のうえに呼び戻した。

「それと、四課に来い」

「はい？」

見開かれた目が鷹羽を凝視する。

「今回の潜入捜査で、おまえは充分な働きをした。うちに来ても、きっとやっていけるだろう。俺から上に要請しておく」

斎の顔に、ふと苦笑が浮かんだ。

「プライベートも仕事も一緒、ですか。公私混同なんて鷹羽さんらしくないですよ」

「別におまえの顔を二十四時間見てたくて四課に来いと言ってるんじゃない。うぬぼれるな」

「……」

昨日の朝までは正直、斎を四課に引っ張るかどうか、鷹羽は悩んでいた。危険な激務で新米刑事を潰してしまわないとも限らない。

けれど、潜入捜査で心身ボロボロの状態だったはずの斎が仕事を最後までやり遂げ見届ける意志を示してきたとき、鷹羽の気持ちは固まった。

「亜南には困難を乗り切って動ける能力がある。腹も据わってる。きっといい刑事になる。そう信じられるから、俺はおまえと仕事がしたいんだ」

「……鷹羽さん」

斎の顔に、戸惑いと嬉しさが入り混じった表情が浮かぶ。

それはなかなか素直な表情だった。その頬を軽く手の甲で叩いてやる。

「だが、俺は自分にも厳しいが、人にも厳しいからな。覚悟しろ」

「はい」

強い光を宿した瞳が応えてきた。

エピローグ

七月の花屋の店内は、グラジオラス、ダリア、松葉牡丹《マツバボタン》、向日葵《ヒマワリ》と色とりどりの花で溢れ返っている。

「ええ。三人組のアジア系外国人でしたね。どこの国の人かはちょっとわかりませんでした。……はい、紺色のセダンに乗ってましたよ。……ナンバープレートですか？　うろ覚えなんですが確かナンバーは――」

鷹羽の質問に、店主が答えていく。

斎はそれを鷹羽の斜め後ろでメモに取っている。

昨晩、この花屋の隣の処方箋《しょほうせん》を扱う薬局で、強盗殺人があった。

ここ数ヶ月、東京都広域に渡って同様の手口の強盗殺人および殺人未遂事件が多発している。不法滞在中の外国人を使った国内の同一犯罪組織による犯行の疑いが高いため、本部の組織犯罪対策部が動くことになったのだ。

所轄がすでに行っている地取りの再確認、さらに細かい情報の吸い上げのために斎は鷹羽とともに、朝から晩まで飛びまわる毎日だ。

斎は手を動かしながら、ちらちらと店の隅に置かれた鉢植えに視線をやっていた。

背の高い植物だ。波打つラインをした大きな葉。

——月下美人、か……。

美しい一夜花の、昏くて華やかな香りが思い出される。

おぞましいほど甘くて痛い夏の一ヶ月。その記憶の塊が胸のなかでもぞりと蠢く。

耿零飛《ガンリンフェイ》宅への潜入捜査から一年がたつ。そのあいだに、斎は四課へ異動になり、また寮を出て鷹羽と同じマンションで暮らすようになった。毎日は慌ただしく過ぎている。

でも、どんなに忙しくても、あの一ヶ月のことを、ウーのことを思い出さない日は一日たりとてなかった。耿零飛によって刻みつけられた、消えることのない傷痕。

「次は、新宿のドラッグストアだ」

花屋から出て、鷹羽が覆面パトカーの運転席に乗り込む。

助手席のドアを開けて乗り込もうとした斎はしかし、ふとなにかに意識を引っ掛けられる感覚を覚えた。

背を伸ばして、夕陽の色が滲みだした景色を見まわす。街を渡る熱い風が、頬を撫でる。

片側二車線の道路にはひっきりなしに車両が行き交い、ガードレールで区切られた広めの歩道には人が溢れている。ありふれた光景に、特に目を留めるべきものはない。

——気のせいか？

このところ疲れが溜まっているから、神経が変に過敏になっているのかもしれない。

そう思いながら、最後にふと道路を挟んだ向こうの歩道へと目をやったときだった。

斎は思わず、車のドアをガッと握り締めた。

こちらをまっすぐ見ている、双眸。

それは四車線分の距離がありながら、鮮やかに斎の視線を捉えた。

少年だった。

Tシャツにジーンズ姿。愛らしい顔立ちをした少年が、人ごみのなかで立ち止まって、こちらを見ている。

自分の唇が震えるのを、斎は感じる。喉が詰まったようになって——。

「……ウー？」

呟く。

記憶のなかのウーよりも背が伸びていて、身体つきもしっかりしている。髪も伸びている。

けれど、面影はある。

斎は衝き動かされたように、ドアを閉めるのも忘れて、車道に走りだした。車のクラクションがパァーンッと響く。目を細めて相手の顔を見極めようとしながら、斎は一本ずつ車線を渡っていく。

と、その時、ひときわ甲高いクラクションを鳴らしながらダンプカーが少年と斎のあいだに立ちはだかった。

そのやたらと長いボディが行き過ぎて視界が開けたとき、すでに少年の姿は歩道から消えていた。斎は車道を渡りきり、ガードレールを飛び越えた。人ごみを掻き分けて、少年の姿を捜す。

「どうした、亜南？」

追いかけてきた鷹羽に腕を掴まれて、斎はようやく立ち止まった。強張った表情で相手を見上げ、呟くように答える。

「ウーを、見た気がして……」

「ウーを？」

鷹羽の瞳にも強い反応が浮かぶ。鋭い眼差しが人波を見まわす。

「絶対にウーだったかはわからないですが、似てたんです――」

鷹羽と手分けして、周辺の店や路地を隈なく捜して歩いたが、ウーらしき少年を見つけることはできなかった。

諦めるよりほかなく車へと戻ってシートに身を沈め、ふたりはしばらく沈黙していた。かいた汗が、車のエアコンの空気に冷やされていく。心臓の音が少しずつ平常に戻っていく。

……幻だったのか、現実だったのか、他人の空似だったのか、それとも本人だったのか。

答えはわからないけれども。

「また、近いうちに、あいつに会うのかもしれないな」

鷹羽がそう横で呟いた。

そしてその呟きの続きを、斎は痛む心のなかで補完する。

——ウーは生きているのかもしれない……もう一度、会えるのかもしれない。でもその時は、もしかすると犯罪者と刑事というかたちで……。

あの少年がウーだったとして。

彼の瞳にはすでにいたいけな子鹿の輝きはなかった。

したたかで残忍なハイエナの、黒い光を湛えていた。

——僕が、あの時、手を放した結果なのか。

一年前に失われた子供の手を握るように、斎はギュッと膝のうえで拳を握った。手が震える。

鷹羽がふいに強い手つきでギアを入れ替えた。車がなめらかに車道へと走りだす。

「亜南。俺たちは、これから何人ものウーに出会っていく」

鷹羽は顎を上げて前を向いたまま、腹の底から出しているような低い声で続ける。

「その時にはお互い、もっとしっかりあいつに向き合おうな。今度こそ、力になれるように」

大きな温かい手が、斎の拳を包み込んできた。

この一年間、どれだけの回数、この手に迷いを消してもらっただろうか。励まし、導いてもらっただろうか。

冷たく強張っていた自分の手にゆっくりと熱が回りだすのを、斎は感じる。

――……きっと。

眩しいオレンジ色の光を受ける鷹羽の横顔を斎は見た。彫りのしっかりした、厳しい精神のかたちを伝える顔立ち。

鷹羽が横にいる限り、自分は折れずに前へ前へと進んでいけると思える。

――鷹羽さんとなら、きっと、目を逸らさずに向き合っていける。立ち止まらないで、探していける。

もう一度ウーに会ったら、ウーと同じような状況の子供に出会ったら……自分という人間の弱さに出会ったら、その時なにができるのかを一緒に探していける。

「鷹羽さん」

一緒に探しつづけていくために。

この自分の心が揺るぎなく、高い目標に向かっていけるように。

「ずっと、傍にいてください」

車のスピードが少し落ちた。

鷹羽がゆっくりとこちらを見る。

その鋭くて厳しい瞳は、夕陽の暖かな色に深く染まっていた。

了

猛禽の瞳

フロントウインドウを打つ雨が、強さを増す。

斎は、ワイパーの速度を上げた。

パトカーの天辺から周囲を赤く舐める、ランプの光。サイレンの音。

前を走っていたミニバンが路肩に寄って徐行する。それを追い抜かす。

「次の信号を左折して五つめのビルに事務所が入ってる。ビルの出入り口が現場だ」

助手席の先輩警察官が言いながら、緊張を孕んだ手つきで警帽を正した。

このあたりで暴力団同士の抗争が勃発してから、すでに二ヶ月が経過している。双方とも、関東を拠点とする中規模組織なのだが、片方の組の親が代替わりしたのを機に諍《いさか》いが絶えなくなった。

先週末には街なかで幹部を狙った銃の発砲騒ぎがあり、それからというもの抗争は一段と激化していた。毎日のように、どこかで刃傷沙汰がある。

そして今日も日本刀を振りまわしている男がいるとの通報があって、こうして現場に向かっているわけだ。

「あそこだ――ッ、鷹羽《たかば》刑事が身体張って解決済みか」

雨の伝うガラスの向こう、趣味の悪い柄シャツを着た青年が両膝をアスファルトにつくかたちで取り押さえられている。その青年の両腕を後ろに捩じり上げるかたちで拘束しているのは、長身の逞しい体軀をしたスーツ姿の男だ。

鷹羽征一《せいいち》。

今回の抗争を収めるため、警視庁本部から陣頭指揮を執りにきた刑事だ。

三十歳そこそこにして、暴力団関係なら鷹羽、と所轄でも広く知られている。

実際、鷹羽はヤクザを真正面から平然と見据えるような男だった。経験と勘でもって事態を確実に読み、的確に署員を動かす。ただひとりの刑事によって警察署が効率的に力を発揮し、手に負えなかった抗争が下火になっていったのだ。

鷹羽は斎《いつき》の心に、強い尊敬と憧れの念を焼きつけた。

ここのところ斎は、暇さえあれば、どうやったら鷹羽のようになれるものかと考えてばかりいる。元来、自分は自分と割り切って、人に対して一定の距離を取りたがる彼にしては珍しい熱っぽさで。

「亜南《あなみ》、鷹羽刑事に傘を持っていけ」

そう言い置いて、先輩警察官が先に車から降りる。

斎は車の後ろに積んであった黒い傘を摑んで、雨の歩道を走った。

手錠をかけた日本刀男をパトカーの後部座席に放り込んだ鷹羽は、襲撃のターゲットだったらしい腰を抜かしている男へと近づいていくところだった。

……刑事なのだからそんなはずはないのに、人に危害を加えかねないような鋭くて威圧的な空気を放っている。

鷹羽に近づくにつれて、肌がピリピリとしだす。

緊張しながらも、斎は鷹羽に追いつき、傘を差しかけた。

「失礼します。鷹羽刑事、傘を」

猛禽が獲物を狙うときの目の動きを連想させる速さで、淡色の瞳が斎へと向けられる。

近距離で視線がぶつかった瞬間、強い刺激が斎の身体を刺した。喉の奥が収斂《しゅうれん》する。

鷹羽の前髪から雨が滴り落ちる様子が、一瞬一瞬濃密に、コマ送りのように見えた。

しかし斎の動揺とは裏腹、鷹羽の目に映ったのは、目深に警帽を被った頼りない身体つきの制服警官にすぎなかったのだろう。視線は向けられているものの、彼は亜南斎を見なかった。

険しい瞳はなんの関心も浮かべずに、斎から外される。

鷹羽は不愉快そうに眉間に皺を寄せた。

「この程度の雨で、傘は必要ない」

「ですが……」

鷹羽はそのまま、腹に響く低音の声で、被害者に身元や斬りつけられたときの状況を尋ねはじめる。

必要ないと言われたけれども、雨足は強くなっていた。

斎は斜め後ろから、鷹羽と被害者に傘を差しかけつづけた。

ほんの傍にいる鷹羽の体温が息遣いが、なまなましく伝わってくる。

傘を持つ手がともすれば震えてしまうのを、懸命に心を鎮めて止めようとする。けれども、どうしても止まらない。

――見てほしい……。

その想いは、心身の奥底から、劣情めいた切実さで込み上げてきた。

――この人に、僕を見てほしい。

鋭く険しい瞳に、はっきりと自分を映してほしかった。

一制服警察としてではなく、亜南斎というひとりの人間として……真っ直ぐ自分を見つめる猛禽の瞳を想像する。

大きく震えた傘が、雨を激しく散らした。

了

秘密

「今日は手伝っていただいて、ありがとうございました」

小料理屋のカウンター席で、斎《いつき》は右横へと頭を下げる。隣には東《あずま》、そのさらに向こうには鷹《たか》羽《ば》が座っている。

「いやいや、結局遅くなって、最後の荷物運びをちょろっと手伝っただけだしな。しっかし入居予定日から結局、半月もズレ込んだんだよな？　これで亜南《あなみ》も無駄家賃を払わないですむってわけだ」

よかったよかったと、東が口にビールの泡をつける。

斎もまたジョッキに口をつけながら、しかし東に対して後ろめたい気持ちをいだく。

二ヶ月前に、鷹羽の上司への強い働きかけによって、斎は四課に異動になった。そして、東からバトンタッチされて、鷹羽のパートナーとなった。

鷹羽のパートナーとなった以上は私生活などないに等しい。よって、パートナーは近くに住んでいたほうが仕事上、都合がいい――という無理やりな理屈を周囲に言い訳しつつ、今日、斎は警察の独身寮から鷹羽と同じマンションの同じフロアへと引っ越しをしたのだった。

お通しの小鉢に箸をつけるかつけないかのうちに、鷹羽の携帯電話が鳴った。電話に出るために鷹羽が席を外し、束とふたりきりになる。

「どうだ、亜南。鷹羽さんの相手は大変だろ」

中ジョッキを水のように飲み干した束は、カウンターの向こうの店主に日本酒を注文してから、そう言ってきた。

「絞られまくってますけど——すみません」

「なんで謝る」

「……」

鷹羽は公私混同していないと言うけれども、やはり四課への異動も、パートナーの変更も、いくらか私情が混じっているように思えてならない。

束はその巻き添えを食ったわけだ。

「鷹羽さんは本当に有能な刑事です。いくらでも吸収させてもらえることがあるのに、途中から入った僕が組むことになってしまって…」

この二ヶ月間、鷹羽に叱咤されてばかりだ。しかし、同時に仕事姿勢からスキルまで、学べることはこれまでとは桁違いに多かった。

「たしかに鷹羽さんとの仕事はヘビーだけど、刺激的でワクワクする。鬼軍曹にちっとはついていけるようになったって思ってた矢先に外されたのは、少しばっかりショックだったかな」

四角い顎が、鳥の軟骨揚げをコリコリと噛み砕く。

「東さん…」

謝りきることも開き直ることもできないのは、自分こそが公私混同して、いまの状態に悦びを覚えてしまっているせいだ。

鷹羽はずっと、斎にとって尊敬する目標の刑事だった。彼とともに仕事をできるようになりたいという夢が、叶っているのだ。……そのうえ、私生活でまで深く交わることができている。日に何度も、夢を見ているような錯覚に囚われる。

現実に、まだ追いつけていない。

「けど、まぁいいか」

砕かれた軟骨が、ごくりと飲み込まれる。

運ばれてきた徳利を、東は斎へと押しつけてきた。お猪口に徳利の口を寄せて酌をする。

「俺は亜南ほど鷹羽さんにベタ惚れしてねぇし、亜南みたいに鷹羽さんから惚れ込まれてもいねぇもんなぁ」

手がびくっとして、カチンと徳利がお猪口の縁にぶつかった。

慌てて徳利を置いて「すみません」と天板に零れた酒をお絞りで拭こうとする。その手がぶつかって、あやうく徳利をひっくり返しそうになる。斎の動揺っぷりに、東が「亜南が人並みの反応してやがる」と珍しがりつつ、にやつく。

こんなふうに、鷹羽に関してだと条件反射で感情が振れてしまう。慣れるどころか、次第に振れ幅が大きくなっている気がする。

「――東さん、妙な言い方はやめてください」

「妙じゃない。鷹羽さん、俺には一度だって、自分んとこのマンションに引っ越せなんて言わなかったもんなぁ。ま、俺からは、いろいろと見え見えってこった」

「……」

「ときどき亜南の酌つきで酒奢ってくれるなら、黙っててやる」

仕事範疇のことをわざと意味深にからかっているのか、あるいは私生活レベルまで込みで言っているのか、判断しかねる。

もの思わしく睫を伏せると、東が耳に口を寄せてきた。

「そういう新妻みたいな悩ましい顔、職場ではすんなよ」

摂取したアルコールが、こめかみのあたりに一気に集まる。

と、その熱くなった左のこめかみを叩くように撫でられた。戻ってきた鷹羽だった。そのまま鷹羽は東の右横ではなく、斎の左横の席へと腰を下ろす。

気を取り直して、斎は尋ねた。

「電話、仕事絡みじゃなかったんですか?」

「女からだ」

斎は目をしばたたく。

「そうですか。………」

なにか軽口を付け加えようとするのに、思考が止まってしまった。

——女って、誰だろう? どういう関係の…。

三十秒ほどの沈黙ののち、右側から殺した笑いが始まる。見れば、東が頬杖をついた手で口を押し隠して、震えている。

今度は左側から溜め息。

鷹羽のほうを見ると、そちらは呆れ顔をしていた。苦い声が呟く。

「亜南の生真面目さは致命的だな」

「え…」

東に背中を叩かれた。

「せっかく鷹羽さんが出してくれた助け舟に乗りそこなったな!」

ようやっと気がつく。

東の勘繰りを逸らそうとして、鷹羽はわざと女の話を振ったのだ。それを、斎は真に受けてしまい。要するに。

「亜南の自爆《オウンゴール》に乾杯っ」

東がお猪口を宙に揚げた。

＊　＊　＊

ドアのリーダーへと、斎がキーのヘッド部分を当てる。

解錠されたのと同時に、鷹羽は斎の手からキーを取り上げた。それを放り込んだジャケットのポケットの底に、所有権の重みが生じる。

「鷹羽さん？」

怪訝な顔をする斎に、

「鍵は予備のと、ふたつあるだろう」

そう言って、鷹羽は勝手に部屋のドアを開ける。三戸隣にある自分の部屋と、まったく同じ間取りだ。暗い室内を進みながら馴染んだ位置にあるライトのスイッチを押していく。

ワンフロアの大きな部屋には、ダンボール箱や解体されたままの組み立て家具が置かれている。荷物はかなり少ない。これなら狭い独身寮でもすっきり片付いていたことだろう。

「とりあえず、ベッドだけはすぐに作らないと」

色気なく組み立てに取り掛かろうとする斎の腕を鷹羽は摑んだ。

「ベッドはいい。風呂を使ってこい」

「よくありません。今晩どこで寝るんですか」

「俺のベッドで寝るんだろう、どうせ」

「――勝手に決めないでください」

「オウンゴールの償いは、今夜のうちにしてもらわんとな」

「……」

わずかに赤面した顔に不服の表情を浮かべながらも、斎は「洗面・風呂」と律儀にサインペンで書いてあるダンボール箱のうえにスウェットの上下と下着を載せて、バスルームに消えていった。

洗面所や風呂場の整理もついでにやってしまうだろうから、しばらく戻ってこないだろう。

「さてと。いまのうちに、こいつを解くか」

ダンボール箱の開いた口から覗いているアルミケースを、鷹羽は取り出した。大きさはA4版で厚みは五センチほどある。サイドの持ち手のところのロックは、四桁のナンバーを組み合わせるタイプのものだ。

それを見つけたのは、荷運びを手伝っていた東だった。

『へぇ、亜南の奴、まだこれ使ってんのか』

エレベーターのなかは鷹羽と東のふたりきりで、斎はその場にいなかった。

『なんだ、それは』

『なんなのかは、俺も知らないんすけど。大学の寮のときには、もう持ってたんですよ』

東は斎と同じ大学の出だ。大学の寮で隣の部屋だったことがあり、当時の斎についてけっこういろいろと知っている。彼の話によると、そのアルミケースにはどうやら斎にとっての貴重品が入っているらしい。札束だとかヤバいものだとか噂はあったものの、結局その中身を暴くことができた者はいなかったという。

――誰も暴いたことのない亜南斎の秘密となれば、見ないわけにいかないだろう。

ナンバーを指先で転がしながら、鷹羽はふと苦笑した。

人の隠し事を暴くのは職業柄いやらしいぐらい身についている。だが、プライベートでまでそれが発動するのは、斎に対してが初めてだった。

それには仕事の際には感じることのない、暴き辱めることで感じる満足がある。肉体も精神もすべて覗き見てやりたいもどかしさに、いまも昂ぶりを感じる。

刑事の性《さが》となないまぜになった、いささかサディスティックな欲望だ。

と、思いつきで入れた四桁のナンバーで、呆気なくケースは開いた。

几帳面なかたちの文字の羅列から、鷹羽は目を上げた。

「なにを――」

バスルームから戻ってきた斎が、床で口を開けているアルミケースと、そのなかに入っていたものを手にして窓辺の段差に腰掛けている鷹羽とを見て、顔を強張らせる。

「どうして、読んで……どうやって開け……」

ハッとした顔をして、斎が唇をきつく嚙む。

「えらく飛び飛びの日記だな」

アルミケースの中身は三冊のキャンパスノートだった。高校入学を機に日記をつけてみることにしたらしい。

四年で一冊のペース。何ヶ月も飛ぶこともあれば、妙に頻繁に書いている時期もある。

「書くほどの気持ちになることが、少なかっただけです……返してください」

憮然とした表情で斎が近づいてくる。

鷹羽は指を挟んでいたページを開き、音読した。

「『本庁からあの人が来て、ひと月がたった。ずっと混乱状態にあった所轄が、日に日に整っていっている。ひとりの人間がここまでの影響力をもつものなのか。僕は、あの人のような警察官に、刑事に、なりたい』」

「鷹羽さん！」

伸びてきた斎の手を、鷹羽は摑んだ。腕を軽く捻ってやると、羞恥を含んだ瞳が睨んでくる。

「俺は剣道大会で初めてお前を見たが、お前はもっと前から俺を見ていたんだな」

斎の睫が震えて、瞼が下げられる。

もちろん、剣道大会のことも、日記に記されていた。

もっと正しくいえば、この特別なことしか書かないらしい日記には、「あの人」――鷹羽に関する内容が多かった。刑事としての鷹羽征一《せいいち》に純粋に憧れ、自分もそうなろうと目指してきた青年の姿が、鮮明に残されていた。

改めて、自分が踏み躙ってしまったものを目の当たりにして、読みながら気持ちがいくぶん沈んだ。

だが、こうして激しい脈拍を伝えてくる手首を握り締めれば、むしろ手に入れられたものの貴重さを実感する。

ノートへと視線を落とすと、まるで恥部を凝視されるのを厭《いと》うかのように、斎がもう一方の手で紙を隠す。こめかみや耳に血の色が透ける。

「もう、見ないで、ください」

ぞくりときた。

ノートが床へとぶつかる音。身を離したがる斎を無言で捕まえる。身体の位置を入れ替えて、窓の段差に腰を下ろさせる。まだカーテンもかかっていない剝き出しの窓へと、斎を押さえつけた。覆い被さる。

キスする寸前の距離で動きを止めて、言葉で恥部に触れる。

「『あの人に僕を見てほしい』って、何度も書いてあったが？」

「……」

斎の手首の脈は、発情の速さと強さを刻んでいる。呼吸をするのも苦しいみたいに肩を跳ねさせる姿は、見慣れた——けれども見飽きることのない、セックスの最中の反応に酷似していた。

だから確信をもって、鷹羽は斎のスウェットの下腹へと手を置く。

「ぁ…」

——俺も変態じみてるが、亜南も…かなりだな。

布越しにもかたちがありありとわかるほど硬く腫れたものを、掌で辿る。斎はアルミケースに封じた想いを剝き出しにされたことで、こんなにも性的刺激を覚えてしまったのだ。

「うぅ」

観念したのか、堪えられなくなったのか、斎が腰をしならせた。茎が掌に擦りつけられる。

わざと手を引いて、そそのかす。

「見てほしいんだろう？　自分で出して見せろ」

「み、見てほしく、ありま、せん…っ」

「嘘だな。お前は見られたがってる。なにもかも、俺に晒したがってる——日記も読まれたかったんだろう。俺にだけは」

困惑に、斎が瞳を大きく揺らす。

「僕は——」

「見られたくなかったら、あんな俺にだけわかりやすい番号を設定しない」

誰にも見られたくなかったら、自分にしかわからない秘密の数字にするものだ。

間違っても、見られたくない相手の誕生日など選ばない。その数字でケースが開いてしまった瞬間、鷹羽は真正面から告白されたような、妙に照れくさい気持ちになった。

「……見られたがってた？」

暗示にかかりかけている人のように、斎の目の焦点が甘くなる。

「ああ、そうだ」

斎が無言になって俯く。自身のスウェットのウエストのところで、指をもたつかせる。

ぞくぞくするもどかしい衝動に、鷹羽は目を眇める。

そして、言葉で背中を押してやった。

「俺に見られるのが嬉しくて仕方ないんだろう、お前は」

斎は頷くように、さらに深く俯いた。嗚咽じみた溜め息とともに。

ぎこちなく布をまくり、いやらしく泣き腫れたペニスの先端をちらりと見せた……。

了

あとがき

こんにちは。沙野風結子《さのふゆこ》です。

本作は二〇〇六年にアイノベルズから発売されたものの新装版です。本編がエロりすぎているので、さらにエロを乗っけるのもどうかと思い、書きおろしの「秘密」は文字どおりのチラリズムにしました。地味に変態ふたりです。

本編のほうは「刑事同士のまな板プレイ」を猛烈に書きたくて、ひたすら斜めに突っ走りました。むちゃぶりもこなしてくれる、耿零飛《ガンリンフェイ》。彼は鷹羽《たかば》と斎《いつき》の黒キューピットです。

小路龍流《こうじたつる》先生、表紙を描きおろしてくださって、ありがとうございます。そして、パンダ刺青の零飛も……むちゃくちゃウケました。なんか妙に、しっくりしてて。笑。

担当様、関係者様、今回もたいへんお世話になりました。また、よろしくお願いいたします。

そして、本作を手に取ってくださった皆様、ありがとうございます。来月には、零飛×蒼《ツァン》メインで鷹羽と斎も出てくる「千年の眠り花」が刊行予定です。三月～五月刊で全サ企画（帯参照）もあります。

……では、左ページに載るだろうパンダなのに格好いい零飛をお愉しみください！

＊沙野風結子＊風結び＊http://www.kazemusubi.com

くっ
私がジャイアントパンダだと…
そう、富士額がもっとよく見えるように！
応龍
ぱんだだ…
私の中での

「富士額」プレイと
パンダの入れ墨の妄想は
まだ時効切れてないようです。

次のおはなしは、あの子が出てくるので楽しみです！

小路龍流

ダリア文庫

籠蝶は花を恋う
誰より愛しく想っている
だから絶対に
俺を置いていくな
沙野風結子
Fuyuko Sano
佐々木久美子
ill. Kumiko Sasaki

遊郭育ちの詩央は「三ヶ月後、迎えにくる」という鼎の言葉を信じて待つが彼は現れなかった。月舘子爵に引き取られることになったものの孤独な日々を送る詩央は4年ぶりに鼎と再会する。鼎は出自の秘密と引き換えに、詩央の身体を要求してきて……。

✻大好評発売中✻

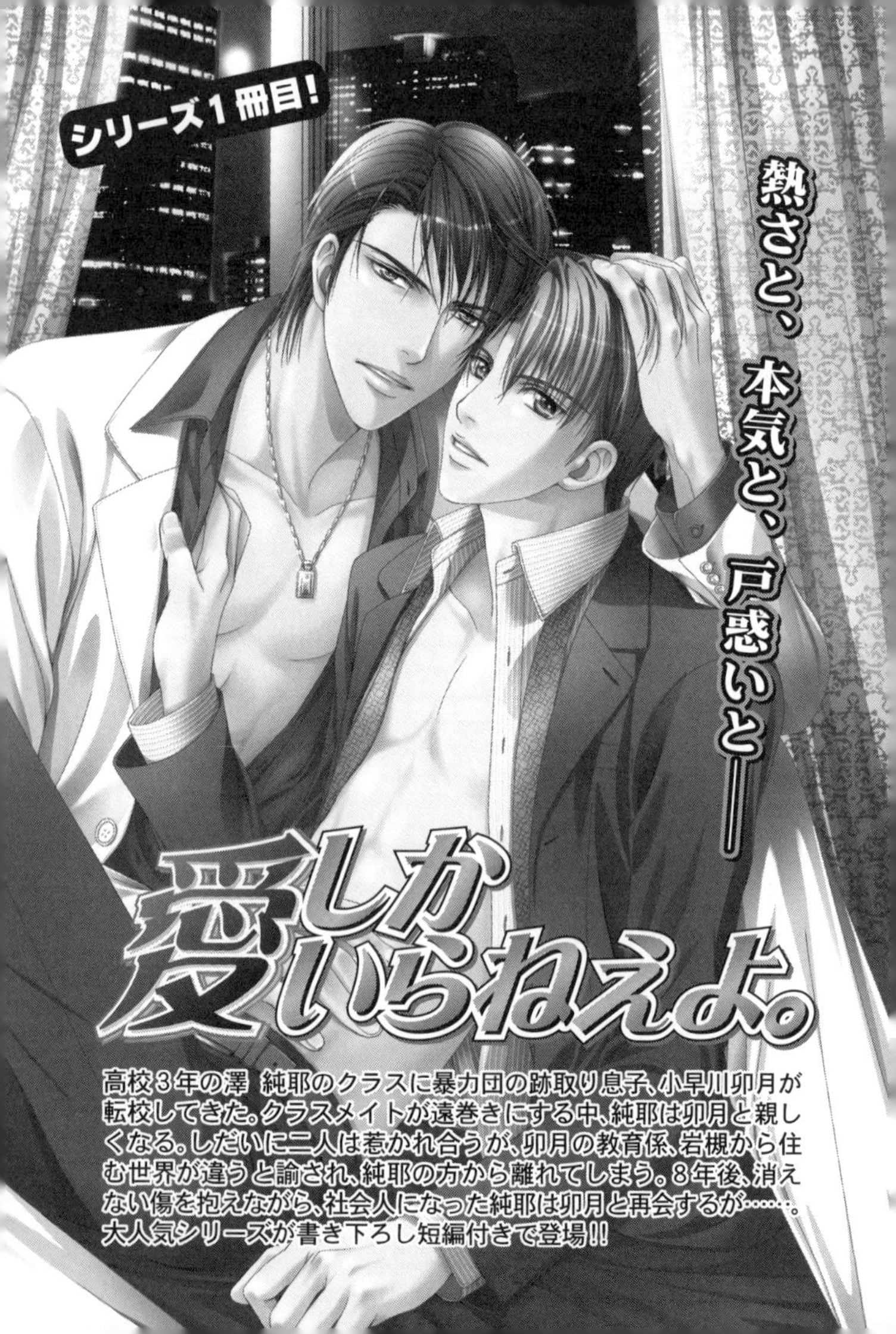
シリーズ１冊目!
熱さと、本気と、戸惑いと――
愛しかいらねえよ。
高校３年の澤　純耶のクラスに暴力団の跡取り息子、小早川卯月が転校してきた。クラスメイトが遠巻きにする中、純耶は卯月と親しくなる。しだいに二人は惹かれ合うが、卯月の教育係、岩槻から住む世界が違うと諭され、純耶の方から離れてしまう。８年後、消えない傷を抱えながら、社会人になった純耶は卯月と再会するが……。大人気シリーズが書き下ろし短編付きで登場!!

シリーズ１冊目！

有《ゆう》罪《さい》
男の味をおしえてやる…

桜井透也は念願の売れっ子ミステリー作家・穂高燿の担当編集に抜擢される。だが会社命令で予定より早く本を出すことに…。気難しい穂高を説得するうち、透也は原稿と交換条件に穂高と肉体関係をもってしまう。仕事のための恥ずべき行為が躰が感じてくるにつれ、透也は次第に戸惑いと苦しさを感じはじめて——…？

甘く切ないラブストーリー♥　書き下ろし短編付きで登場！！

ダリア文庫をお買い上げいただきましてありがとうございます。
この本を読んでのご意見・ご感想・ファンレターをお待ちしております。

〈あて先〉
〒173-0021　東京都板橋区弥生町78-3
(株)フロンティアワークス　ダリア編集部
感想係、または「沙野風結子先生」「小路龍流先生」係

❋初出一覧❋

花陰の囚人たち……………………2006年アイノベルズ版を加筆修正
猛禽の瞳…………………………2006年アイノベルズオンラインで発表
秘密 ……………………………………………書き下ろし

花陰の囚人たち

2009年4月20日　第一刷発行

著者　沙野風結子

発行者　藤井春彦

発行所　株式会社フロンティアワークス
〒173-0021　東京都板橋区弥生町78-3
営業　TEL 03-3972-0346　FAX 03-3972-0344
編集　TEL 03-3972-1445

印刷所　中央精版印刷株式会社